Einleitung

Dieses Buch wendet sich an all jene Frauen, die Wert auf ihre Gesundheit, ihr Aussehen und ihr inneres Gleichgewicht legen und auch bereit sind, dafür ein Wochenende ihrer kostbaren Zeit zu opfern. Wir sprechen hier jedoch nicht von Salatdiäten und Gesichtspackungen. Wir wollen Sie auch nicht zu spartanischen Entschlackungskuren verdonnern oder Ihnen gar ein neues Ich in nur 48 Stunden versprechen. Auch gibt es keine strengen Ablaufpläne unter Verwendung von Tinkturen und Salben. Stattdessen bietet Ihnen dieses Buch einfache, praktische und motivierende Vorschläge zum Reinigen, Entspannen, Energie tanken und zum ausgiebigen Selbst-Verwöhnen.

Mein Wellness-Wochenende zu Hause ist eine ganzheitliche Methode, mit der Sie Geist, Körper und Seele an nur einem Wochenende revitalisieren können. Neben Pflegetipps für Körper, Haut und Haare finden Sie Ernährungsratschläge mit einfachen Menüs, die den Verdauungstrakt reinigen und Ihnen neue Energie verleihen. Ob Sie dabei nur einem der Wellness-Programme folgen oder einzelne Elemente nach Ihren Bedürfnissen zusammenstellen, ist ganz Ihnen überlassen.

Bewegung ist ein zentrales Element in jedem Wellness-Programm. Hier finden Sie kleine Trainingseinheiten und herrlich entspannende Stretching-Übungen. Und auch der Geist kommt nicht zu kurz, denn mit den Meditations- und Visualisierungstechniken sowie den umfassenderen Übungen können Sie Ihre geistige Leistungskraft stärken. Dabei steht der Aspekt des Verwöhnens immer im Vordergrund!

Wir alle wissen, dass es keine Wunder gibt. Aber nach nur einem Wellness-Wochenende werden Sie sich besser, frischer, wacher und schöner fühlen und dies auch in Ihr Umfeld ausstrahlen. Und wer weiß, vielleicht finden Sie hier die Inspiration und den entscheidenden Antrieb, Ihren Körper und Geist in Zukunft regelmäßig mehr zu hegen und zu pflegen …

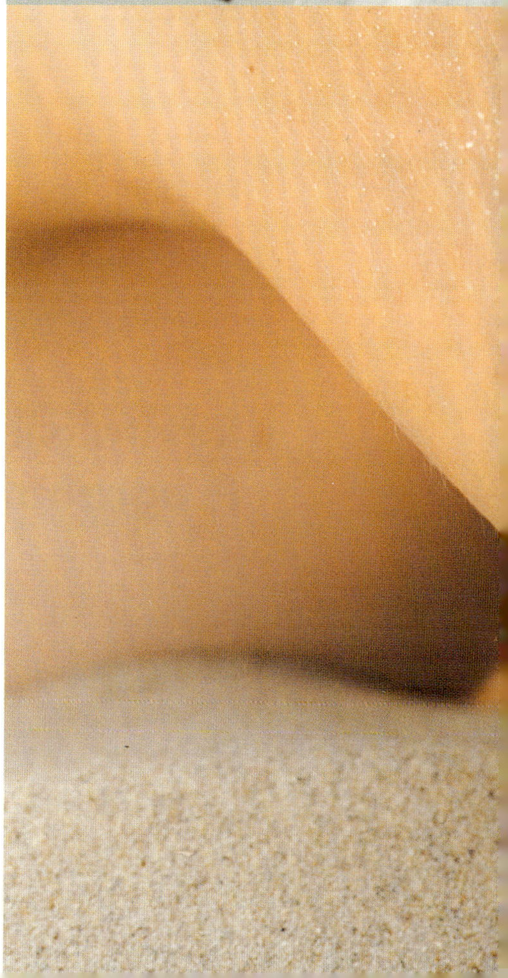

Inhalt

Pabel-Moewig Verlag KG, Rastatt
www.MOEWIG.de

Published in the United Kingdom by New Holland Publishers (UK) Ltd.

Übersetzung aus dem Englischen:
Wolfgang Beuchelt und Brigitte Rüßmann
Redation und Satz der deutschen Ausgabe:
Lesezeichen Verlagsdienste, Köln
Umschlagfoto: Kristiane Vey, jump Hamburg

Printed in Singapore

ISBN 3-8118-1997-6

SS-
ENENDE
zu Hause

Linda Bird

MOEWIG

Mein

WELLNE

WOCH

Mein

WELLNESS-
WOCHENENDE

zu Hause

KAPITEL 1

Vorbereitung

Wie geht es Ihnen? Hand aufs Herz! Viele von uns könnten etwas mehr Schlaf, etwas weniger Stress, mehr Obst und Gemüse und mehr Bewegung vertragen – nichts Neues also, wenn es um gutes Aussehen und allgemeines Wohlbefinden geht.

In Wahrheit sieht der Alltag doch so aus, dass bekannte Gesundheitsrisiken wie Stress, zu wenig Schlaf und einseitige Ernährung selbst unsere noch so strikt eingehaltenen Ernährungs-, Sport- und Schönheitspläne Mal um Mal unterlaufen. Was helfen teure Feuchtigkeitscremes, wenn man nachts selten mehr als fünf Stunden schläft? Trotz der erstaunlichen Fortschritte in der Medizin, einer Fülle von Gesundheitstipps und ganzen Regalen voller Anti-Aging-Mittel scheinen sich der hohe Zeitdruck und die Vielzahl an Verpflichtungen gegen uns verschworen zu haben, von der Umweltverschmutzung ganz zu schweigen.

Mit den Wellness-Programmen fürs Wochenende haben Sie die Möglichkeit, Ihr persönliches Gleichgewicht wieder zu finden. Nutzen Sie die Chance und widmen Sie Ihrem Wohlbefinden ein wenig Zeit. Schlafen Sie, ernähren Sie sich ausgewogen, gleichen Sie Ihren Flüssigkeitshaushalt aus, revitalisieren Sie Ihren Körper mit Fitnessübungen oder entspannen Sie bei leichtem Stretching und Meditation. Seien Sie dieses Wochenende einmal ganz selbstsüchtig.

Der Alltag unter der Lupe

Eine Gesichtsmaske und ein Aromatherapie-Bad können die Risse in der Fassade zwar kurzfristig übertünchen, aber das reicht nicht, wenn man nachhaltig Energie tanken möchte. Wenn Sie längerfristig von einem Wohlfühl-Wochenende profitieren wollen, ist es wichtig, einen ganzheitlichen Ansatz zu wählen. Nehmen Sie Ihren Alltag zunächst einmal genau unter die Lupe. Was raubt Ihnen die meiste Energie?

Stress

Nur wenige von uns können die Folgen von Alltagsstress völlig vermeiden. Studien belegen immer wieder die Folgen von Stress am Arbeitsplatz, von denen Frauen offensichtlich stärker betroffen sind. Über 50 % der Frauen klagen über Stresssymptome. Die Auswirkungen auf die Gesundheit und das Wohlbefinden reichen von Schlaflosigkeit über Kopfschmerzen und Verspannungen bis zu einem angeschlagenen Immunsystem. Dadurch treten Husten, Erkältungen und Infektionen vermehrt auf. Ärzte warnen, dass starker, anhaltender Stress zu schwerwiegenderen Problemen wie Erschöpfungszuständen oder sogar Herzerkrankungen führen kann.

Oftmals machen sich die Belastungen zuerst äußerlich – an der Haut – bemerkbar. Dermatologen zufolge löst emotionaler Stress körperliche Reaktionen aus, die auch zu einer schlechteren Durchblutung der Haut führen können.

Durch stressbedingt flache Atmung erhalten die Zellen nicht genügend Sauerstoff, was zu vorzeitiger Alterung führt. Und auch die Haare trocknen bei Belastung aus und verlieren an Glanz. Eine weitere häufige Folge von zu viel Stress ist Verlust oder Zunahme von Gewicht.

Schlafmangel

Zu viel Arbeit und zu wenig Entspannung führen zu Schlafmangel: Der Körper ist erschöpft und anfällig für Krankheiten. Man geht davon aus, dass etwa ein Drittel der Bevölkerung von Zeit zu Zeit unter Schlafstörungen leidet. Zu wenig Schlaf (als normal gelten sechs bis zehn Stunden pro Nacht) schwächt das Immunsystem. Dadurch wird der Körper anfällig für Infektionen.

Während wir schlafen, regenerieren sich unsere Haut-, Blut- und Gehirnzellen zwei- bis dreimal schneller als am Tag. Nach einem erholsamen Nachtschlaf ist unsere Haut wieder elastisch und strahlend. Ohne Schlaf hingegen altern wir vorzeitig.

Wir brauchen also mindestens sechs Stunden Schlaf jede Nacht, um uns optimal zu erholen. Nur wenige Menschen kommen mit weniger aus, deshalb sollten Sie es auch gar nicht erst versuchen.

Bewegungsmangel

Wenn wir keine Bewegung bekommen, können wir uns nicht wohl fühlen. Dabei ist der Sport nicht nur einfach eine Abwechslung von Tagesroutinen, er vermindert auch den Stress und gibt uns neue Kraft. Studien belegen, dass Laufen Anspannung löst und die Resistenz gegen Alltagsstress erhöht. Aus diesem Grund sollten Erwachsene an fünf Tagen der Woche mindestens 30 Minuten Sport treiben.

Beim Sport beschleunigt sich der Stoffwechsel und die Körpertemperatur steigt. Durch die stärkere Durchblutung gelangt mehr Sauerstoff in den Körper und Gift- und Abfallstoffe werden abgebaut. Auch steigt die Kollagenproduktion, was die Haut voller und glatter macht.

Abgesehen davon fühlt man sich einfach besser. Das liegt an den so genannten Endorphinen, das sind körpereigene Opiate, die bei körperlicher Belastung ausgeschüttet werden, Schmerzrezeptoren blockieren und ein leichtes Glücksgefühl auslösen.

Nehmen wir dazu noch das Strahlen der gut durchbluteten Haut und die vielen verbrannten Kalorien, so erhalten wir mit dem Sport eines der wirkungsvollsten und preiswertesten Schönheitsprogramme, die man sich vorstellen kann.

Falsche Ernährung

Essen Sie genug Obst und Gemüse? Für eine ausreichende Versorgung mit Vitaminen und Mineralien werden fünf Portionen Obst oder Gemüse pro Tag empfohlen. Daneben enthalten Obst und Gemüse Antioxidanzien, die den Körper vor den schädlichen freien Radikalen schützen.

Trinken Sie zusätzlich täglich die empfohlenen $1^1/_2$ Liter Wasser? Eine zu geringe Flüssigkeitsaufnahme mindert die Energie, lässt die Haut stumpf wirken und kann auf Dauer zu Verstopfung, Blaseninfektionen und Nierensteinen führen.

Eine ausgewogene Ernährung besteht aus reichlich Kohlenhydraten (zum Beispiel Kartoffeln, Brot und Nudeln), einigen Eiweißen (wie in Fleisch und Fisch) sowie wenig Fett und Zucker. Leider verhindern allzu oft zu viel Arbeit, Partys oder auch nur Nachlässigkeit, dass wir uns richtig ernähren. Falsche Ernährung kann uns aber nicht nur die Lebenskraft rauben, sondern auch die Immunabwehr schwächen und Haut und Haare angreifen. Dagegen kann richtige Ernährung den Körper entspannen, den Körper revitalisieren, reinigen und heilen und zudem für einen gesunden Schlaf sorgen. Unter dem Leitsatz „Man ist, was man isst", ist Essen sowohl Medizin als auch ein Schönheitsmittel.

Das richtige Programm für Sie

Sind Sie bereit für ein erfrischendes, entspannendes Wellness-Wochenende? Erwarten Sie bitte keine Wunder in nur 48 Stunden, aber Sie können wirklich eine Menge erreichen. Schon die richtige Ernährung, viel Bewegung, guter Schlaf und weniger Anspannung können Aussehen und Wohlbefinden positiv verändern.

Die vier Programme – Reinigung, Revitalisierung, Entspannung und Verwöhnung – geben Ihnen die Möglichkeit, Ihr Wohlbefinden zu erhöhen und Ihrem Körper das zu geben, was er braucht.

Wählen Sie das für Ihre momentanen Bedürfnisse passende Programm. Vielleicht wollen Sie sich von innen und außen reinigen und aufpolieren? Wählen Sie das Reinigungs-Programm. Brauchen Sie neue Energie? Nehmen Sie das Revitalisierungs-Programm. Körper und Seele schreien nach Ruhe und Entspannung? Gönnen Sie sich das Entspannungs-Programm. Oder sind Sie vielleicht schon fit und ausgeruht und wollen sich einfach etwas Gutes tun? Dann leisten Sie sich doch ein Verwöhn-Wochenende mit pflegenden Ölen und Lotionen und einem guten Glas Champagner. Sie haben die Wahl.

Ihr Fragebogen

Wenn Sie sich nicht sicher sind, welches unserer vier Wellness-Programme Sie zuerst ausprobieren sollen, dann kann Ihnen der folgende einfache Fragebogen helfen, sich zu entscheiden.

1 Wie würden Sie Ihr allgemeines Stressniveau beschreiben?

a) durchschnittlich – ich arbeite hart, gönne mir aber auch Erholungspausen
b) relativ niedrig – durchaus zu bewältigen
c) sehr hoch – ich komme oft nicht zum Essen und greife zu Kaffee, Zigaretten oder Alkohol, um mich zu entspannen
d) hoch – ich laufe immer auf Hochtouren

2 Wie gut schlafen Sie?

a) tief – ich schlafe gut ein und wache während der Nacht selten auf
b) unregelmäßig – ich schaffe es fast nie, vor Mitternacht ins Bett zu gehen
c) schlecht – wenn mir viel durch den Kopf geht, habe ich Probleme beim Einschlafen
d) normalerweise gut – aber in letzter Zeit habe ich oft bis spät gearbeitet

3 Wie oft treiben Sie Sport?

a) regelmäßig – etwa drei- bis viermal die Woche
b) selten – ich bin eher faul
c) Ich kann mich an das letzte Mal gar nicht mehr erinnern
d) relativ regelmäßig – ich gehe zum Sport, so oft ich es zeitlich einrichten kann

4 Ihre Essgewohnheiten

a) ausgewogen – ich esse regelmäßig, trinke viel Wasser und nur gelegentlich Alkohol
b) relativ ausgewogen, aber manchmal gönne ich es mir, über die Stränge zu schlagen
c) zur Zeit nicht gerade gut – zu viel Alkohol und Fast Food
d) eigentlich ganz gut – aber ich trinke viel Kaffee und/oder Alkohol

5 Wie betreiben Sie Ihre Körperpflege?

a) gründlich – ich habe immer die neuesten Pflegeprodukte im Haus
b) recht intensiv – aber eine gründliche Behandlung würde mir gewiss gut tun
c) unregelmäßig – ich habe mich in letzter Zeit ein wenig vernachlässigt
d) relativ regelmäßig – immer, wenn ich Zeit und Lust dazu habe

6 Warum betreiben Sie Körperpflege und was möchten Sie erreichen?

a) Ich möchte einfach immer blendend aussehen
b) Meine Haut und meine Haare könnten etwas Aufmerksamkeit vertragen
c) Ich brauche etwas, was mich von Kopf bis Fuß schnell in Form bringt
d) Ich wünschte, ich hätte die Zeit, mich ein wenig zu pflegen

7 Wie wohl fühlen Sie sich in Ihrer Haut?

a) sehr wohl – mein Leben läuft gut
b) ich bin im Moment etwas antriebslos
c) nicht sehr wohl – mir ist einiges über den Kopf gewachsen
d) unwohl und gestresst – ich muss mich um so vieles kümmern

Auswertung Zählen Sie Ihre Antworten zu A, B, C und D zusammen und ermitteln Sie den Buchstaben, den Sie am häufigsten angekreuzt haben.
vorwiegend A Sie ernähren sich richtig und sind fit. Gönnen Sie sich das Verwöhn-Programm. Sie haben es verdient.
vorwiegend B Wählen Sie das Revitalisierungs-Programm, um Ihre Energiereserven aufzufüllen.
vorwiegend C Sie bombardieren Ihren Körper mit Giftstoffen. Wählen Sie das Reinigungs-Programm.
vorwiegend D Sie sollten einmal intensiv ausspannen. Das Entspannungs-Programm schenkt Ihnen die nötige Ruhe.

Das Ambiente

Sie brauchen bei Ihrem Wellness-Wochenende nicht auf Freunde und Familie zu verzichten, ebenso wenig, wie Sie Telefon und Fernseher aus Ihrer Umgebung verbannen müssen. Vielleicht möchten Sie aber einfach zwei Tage ganz für sich haben. Hier gibt es keine festen Regeln. Entscheiden Sie, was Ihnen gut tut.

Die Vorbereitung des Programms

Das richtige Ambiente ist sehr wichtig und verlangt etwas Vorbereitung:

- Räumen Sie auf – Werfen Sie Überflüssiges, alte Bücher und Magazine weg. Putzen Sie das Badezimmer und wechseln Sie die Bettwäsche.
- Lassen Sie frische Luft in die Wohnung – Lüften Sie kräftig durch.
- Investieren Sie in Grünpflanzen und frische Blumen – Sie bringen Leben in die Wohnung und geben Energie.

Die Macht der Farben

Rot Eine energiereiche Farbe, die Puls, Atmung und Hirntätigkeit erhöht. Sie hilft gegen Depressionen und Müdigkeit.

Orange Die Farbe von Spaß und Energie. Sie kann die Stimmung heben und das Gedächtnis stimulieren. Eine warme, vitalisierende Farbe, die mit Sonne und Sommer assoziiert wird.

Gelb Die fröhliche und lebendige Farbe wirkt positiv auf das Urteilsvermögen. Eine Energie spendende Farbe, die allerdings im Schlafzimmer den Schlaf stören kann.

Grün Die Farbe der Ausgewogenheit, der Ruhe und des Mitgefühls. Grün ist auch die Farbe des Lebens und lindert Erschöpfung, Schlaflosigkeit, Anspannung und Ärger.

Blau Friedlich, ordentlich, ruhig und beruhigend. Blau kann den Blutdruck und den Pulsschlag senken und Stress mindern.

- Beleuchtung – sorgen Sie für eine sanfte Beleuchtung, kaufen Sie Kerzen für das Bad und lassen Sie natürliches Licht ins Zimmer.
- Gestalten Sie mit Farben – wählen Sie zum Programm passende Farbtöne. Weiße Laken fördern zum Beispiel den Schlaf, wohingegen Rot Sie zu stark stimulieren könnte.
- Lassen Sie die Farben leuchten – hängen Sie farbige Tücher vor Türen, werfen Sie bunte Schals über die Möbel und dekorieren Sie mit buntem Obst und farbigen Kissen.

Violett Die beruhigenden und ausgleichenden Violett- und Lilatöne bringen Frieden und Ruhe. Sie gelten als sehr spirituelle Farben.

Weiß Das reine und beruhigende Weiß ist ein gutes Gegenmittel bei Überreizung und eignet sich hervorragend für die Meditation.

Eine Reise der Sinne

Ein Wellness-Programm sollte alle Sinne ansprechen. Es wird seine volle Wirkung nur entfalten, wenn Körper und Geist involviert sind.

Bilder

Über die heilende und vitalisierende Wirkung unserer Umgebung gibt es viele Theorien. Das überrascht kaum, ist doch das Sehen unser wichtigster Sinn, der drei Fünftel unserer bewussten Wahrnehmung bestimmt.

Farbtherapeuten sind sich sicher, dass die uns umgebenden Farben unsere Emotionen beeinflussen, und die Psychologie hat auch eine Erklärung dafür. Farbe beeinflusst die Zellstruktur unseres Körpers; verschiedene Farben lösen unterschiedliche physiologische Reaktionen aus. Dieser körperliche Effekt hat wiederum psychologische Folgen: Wir reagieren emotional auf Farben.

Feng Shui

Nach der uralten und bei uns zunehmend populären Philosophie des Feng Shui kann man durch die Dekoration und Einrichtung seiner Umgebung den Fluss des „Chi", der Lebensenergie, fördern und so Gesundheit, Wohlstand, Glück und Liebe positiv beeinflussen.

Die Grundlehren des Feng Shui – Unordnung blockiert die Energie, während lebende Pflanzen, Naturstoffe und -farben, gutes Licht, frische Luft und eine harmonische Umgebung unser Wohlbefinden stärken – sind sinnvoll. Es lohnt sich unbedingt, diesen Regeln bei der Vorbereitung des Wochenendes zu folgen.

Klänge

Jeder gute Wellness- oder Beauty-Salon sorgt durch sorgfältig ausgesuchte Musik und sphärische Klänge für eine entspannte Atmosphäre. Studien zufolge beeinflussen Musik und Klänge die Emotionen und können sehr wirkungsvoll unser seelisches und körperliches Wohlbefinden steigern. Damit sind sie ein wichtiger Aspekt für jedes Wellness-Programm.

Klänge sind physikalisch betrachtet Schwingungen, die den Rhythmus unserer Gehirnwellen verändern und auf Herzschlag und Atemfrequenz wirken. So hat man beispielsweise festgestellt, dass bestimmte Klangmuster die Symptome des Reizdarms lindern. Studien haben außerdem gezeigt, dass Stress lösende Musik im Krankenhaus Schmerzen und Anspannung nach operativen Eingriffen mindert.

Integrieren Sie Klänge in Ihr Wellness-Wochenende. Stellen Sie eine Sammlung von Kassetten und CDs mit verschiedener Musik zusammen, von der Sie wissen, dass Sie darauf reagieren. Wenn Sie Energie benötigen, kann laute, lebhafte Musik Ihren Herzschlag erhöhen und Sie aus der Lethargie reißen. Andererseits wird sanfte Musik Ihre Atmung gleichmäßiger werden lassen, Ihre Konzentration erhöhen und Sie beruhigen.

Daneben können auch Kassetten und CDs mit Naturgeräuschen wie Vogelgesängen, Glockenläuten, fließendem Wasser, Waldgeräuschen und dem Rauschen von Ebbe und Flut eine einfache, aber wirkungsvolle Begleitung der Meditation sein.

Düfte

Ätherische Öle

In Duftlampen werden ätherische Öle pur verwendet. Für die Massage werden die meisten Öle – mit Ausnahme von Lavendel und Teebaum (in kleinen Mengen) – mit einem Trägeröl wie Sesam-, Mandel- oder Traubenkernöl verdünnt. Nicht alle ätherischen Öle eignen sich für Schwangere oder bei bestimmten Krankheiten: Achten Sie auf die Anwendungshinweise auf dem Etikett.

Eine Auswahl von Ölen:

- Bergamotte: wirkt antiseptisch, antiviral, ausgleichend, hebt die Stimmung, reduziert Ärger und stärkt das Selbstbewusstsein.
- Eukalyptus: wirkt gegen Mikroben und Pilze, reinigt und klärt die Gedanken.
- Geranie: wirkt adstringierend, stimuliert den Kreislauf, gleicht Emotionen aus und erfrischt den Geist.
- Grapefruit: wirkt adstringierend, erfrischend, stimulierend und entgiftend. Klärt die Emotionen, erfrischt und vitalisiert.
- Lavendel: wirkt beruhigend, aufbauend und lindernd. Löst Spannungen.
- Majoran: wirkt antiseptisch, entspannend, wärmend und tonisierend. Sorgt für eine entspannte Stimmung.
- Mandarine: wirkt tonisierend, entspannend und löst Stress.
- Muskatellersalbei: wärmend, antiseptisch und entspannend. Lindert Stress und Anspannung.
- Myrrhe: wirkt antiseptisch und lindernd. Fördert Ausgeglichenheit, löst innere und Muskelanspannungen.
- Pfefferminze: wirkt kühlend, entzündungshemmend, schmerzstillend und belebend. Klärt die Gedanken.
- Römische Kamille: wirkt beruhigend und antiseptisch und löst Spannung.
- Rosmarin: antiseptisch, stimulierend, belebend und erfrischend. Gut bei Erschöpfung und allgemeiner Apathie.
- Teebaum: wirkt gegen Viren, Bakterien und Pilze, stärkt die Immunabwehr, hebt die Stimmung und vitalisiert.
- Wacholder: antiseptisch, entgiftend und stimulierend. Erfrischt ermüdete Muskeln und schmerzende Glieder.
- Weihrauch: wirkt antiseptisch, ausgleichend, entspannend und tonisierend. Beruhigt die Emotionen.
- Ylang Ylang: lindert, beruhigt, gleicht aus und sorgt für eine harmonische Grundeinstellung. Sinnlich und luxuriös.
- Zitrone: wirkt antiseptisch, erfrischend und stimulierend. Ein starker antibakterieller Wirkstoff.

Berührung

Sie brauchen keinen Masseur, um von der Heilkraft der Berührung zu profitieren. Auch eine Selbstmassage kann Lymphsystem und Haut stimulieren, Durchblutung und Zellerneuerung fördern und die Ausscheidung von Abfallstoffen beschleunigen.

Es gibt erwiesenermaßen nur wenige Behandlungen, die heilender und wohltuender wirken als Massage und Berührungen. So konnte zum Beispiel Patienten mit Panikattacken und Kindern mit Lernstörungen geholfen werden, indem man ihr Gesicht mit sanften Pinselstrichen streichelte. Es ist auch medizinisch erwiesen, dass sich Babys, die regelmäßig massiert, gestreichelt und berührt werden, besser entwickeln.

Heutzutage gibt es zahlreiche Accessoires – von Luffa-Schwämmen bis hin zu Sprudeldüsen – die der Stimulation oder Beruhigung dienen. So können belebende Wasserstrahlen aus der Dusche oder im Whirlpool auch die Durchblutung fördern und den Körper erfrischen.

Versuchen Sie unterschiedliche Gefühle zu fördern. Stellen Sie sich Ihre Lotionen, Öle und Puder sorgfältig zusammen. Umgeben Sie sich mit einer Vielfalt von Stoffen wie glattem Leinen, warmen Frotteetüchern, einem Seidenpyjama oder kuscheliger Kaschmirwolle.

Geschmack

Unser Geschmackssinn ist uns im Kampf gegen falsche Ernährung oftmals keine große Hilfe. Chips, Schokolade und Wein haben schon so manchen guten Vorsatz zunichte gemacht. Experten zufolge besteht der Genuss beim Essen aus mehr als nur dem Geschmack – auch Aussehen, Geruch und Textur spielen eine wichtige Rolle.

Achten Sie bei der Zusammenstellung Ihrer Speisen darauf, dass Sie neben gesunden, aber sättigenden Speisen und einigen Leckereien eine Vielfalt von Aromen, Farben und Texturen abdecken. Beachten Sie diese Gesundheits-Tipps:

- Gewürze wie Zimt oder Ingwer und pikante Saucen machen gesunde Speisen interessanter, ohne viele Kalorien oder Fett beizusteuern.
- Leuchtend gefärbte Früchte und Gemüse wie Mangos, Papayas und grüne Salate machen die Speisen verlockender. Ernährungsexperten sagen, dass der Nährwert von Obst und Gemüsen umso höher ist, je kräftiger sie gefärbt sind.
- Gönnen Sie sich ab und an etwas, aber suchen Sie nach fett- und kalorienarmen Alternativen.
- Essen Sie sich satt: frische Tomatensuppe, gebackene Bohnen, Kartoffeln und zuckerfreies Popcorn sind sättigende, aber fettarme Speisen.

Einkaufsliste

Hier finden Sie einige Accessoires, die Ihnen dabei helfen, Ihre Wohnung in einen Wellness-Salon zu verwandeln.

Für das Wohnzimmer:
Blumen, Überwürfe, Kissen, Kerzen, CDs und Kassetten, Notizbuch, Bleistifte, Duftlampe, Räucherstäbchen.

Für das Badezimmer:
Kerzen, kuschelige Handtücher, Wattebäusche, Badeöle, Badebürste, Badesalze, Feuchtigkeitscremes, Luffa-Schwamm.

Für die Küche:
Frisches (möglichst biologisch angebautes) Obst und Gemüse, Mineralwasser, kohlenhydratreiche Nahrungsmittel wie Vollkornprodukte sowie Naturjoghurt und Bio-Honig. Für das Verwöhn-Programm: Schokolade und Champagner (optional); Menüvorschläge und Rezepte finden Sie in den einzelnen Programmen.

Für die Behandlungen:
Reinigungs- und Feuchtigkeitscremes, Peelingcremes, Pflegeöle und Lotionen, Maniküre-Set, Massageöle, Gesichtsmasken, Haarpflegemittel.

Für sich:
Bademantel, lockere Kleidung für Stretching-Übungen, Trainingskleidung für Sportübungen, gemütliche, im Winter warme Kleidung.

KAPITEL 2

Reinigungs *Programm*

Essen, trinken und denken Sie sich rein

Dieses Programm ist ideal, wenn Sie eine heiße Partyphase hinter sich haben, ein wenig träge und faul waren, sich den allgegenwärtigen Verführungen hingegeben haben und dabei ihre Schönheits- und Gesundheitspflege vernachlässigt haben. Dann ist es Zeit, sich mal wieder von Grund auf zu reinigen. Sie sollen sich dabei nicht quälen. Dieses Wochenende werden Sie sich frische, nährstoffreiche Nahrung gönnen, Ihrer Haut und Ihrem Körper die Aufmerksamkeit widmen, die sie verdienen, und Ihren Kopf mit einfachen Meditationsübungen und positivem Denken wieder so richtig freimachen.

Das reinigende Ernährungs-programm

Nur keine Angst: Dieses Wochenende steht keine radikale Entschlackung auf dem Programm. Sie sollen weder hungern noch auf etwas verzichten. Gönnen Sie Ihrem Körper vielmehr eine leichte und gleichzeitig schmackhafte Rundumerneuerung. Was steht dabei auf dem Speiseplan? Frisches Obst, Gemüse und Säfte, am besten aus biologischem Anbau, reinigen den Körper durch die Zufuhr frischer Nährstoffe. Vollkornprodukte (vorzugsweise nicht auf Weizenbasis) und Nüsse sind wertvolle Kohlenhydrat- und Faserstofflieferanten, die die Verdauung anregen. So werden Sie sich erleichtert und frisch fühlen.

Nahrung, die reinigt

Für dieses eine Wochenende sollten Sie auf Fleisch, Fisch, Hülsenfrüchte und Weizenprodukte wie Weizenbrot und Pizza verzichten. Dafür dürfen Sie bei den folgenden reinigenden Nahrungsmitteln aber zugreifen:

Frisches Obst

- Obstsorten mit leuchtenden Farben enthalten eine Vielzahl von Antioxidanzien, die den Körper gegen die potenziell gefährlichen freien Radikale schützen. Daneben regulieren die verwertbaren Faserstoffe sowohl die Blutzuckerwerte als auch unseren Appetit.
- Ananas enthält Bromelain, ein Enzym, das Proteine aufspaltet und so die Verdauung verbessert. Essen Sie daher täglich Ananas.
- Papayas und Avocados reinigen den Körper und stärken das Immunsystem.
- Weintrauben tragen zur Reinigung von Leber und Nieren bei.

Frisches Gemüse

- Kombinieren Sie mehrere Gemüsesorten, die sich in Geschmack, Farbe und Konsistenz unterscheiden, und wechseln Sie Rohes und Gekochtes ab. Neben Vitaminen, Mineralien und Antioxidanzien liefert Gemüse nicht verdaubare Ballaststoffe.
- Rote Beete reinigt und ist ein patentes Lebertonikum.
- Äpfel mit Sellerie reinigen den Körper von überschüssigem Kohlendioxyd.
- Roher Spargel reinigt Blase und Nieren.

Zusätzliches

- Nüsse enthalten viel Eiweiß, ungesättigte Fettsäuren und eine Vielzahl von starken Antioxidanzien wie Vitamin E und Selen.
- Essen Sie statt Brot und Cerealien Haferflocken (für lösliche Faserstoffe) und braunen Reis (für unlösliche Faserstoffe).
- Naturjoghurt mit lebenden Joghurtkulturen wirkt positiv auf die Darmflora.
- Wasser ist das wichtigste Lebensmittel bei jedem Reinigungsprogramm. Es beschleunigt die Entgiftung und hilft dem Körper bei der Aufnahme der Nährstoffe. Trockene Nahrungmittel müssen mit Flüssigkeit gesättigt werden, damit der Körper die Vitamine und Mineralien herauslösen kann. Sie sollten daher täglich 1,5–2 Liter Wasser oder ungesüßten Kräuter- und Früchtetee trinken.

MENÜS ZUR REINIGUNG DES KÖRPERS

Samstag

Frühstück Frucht-Shake (weiche Früchte im Mixer mit Joghurt glatt rühren)

Mittagessen Gemüsesalat aus gegrilltem Gemüse mit Knoblauch und Balsamessig; gemischte Beeren

Abendessen Pfannengerührtes Gemüse mit Haselnüssen und braunem Reis; in Orangensaft pochierte Erdbeeren und Rhabarber mit Joghurt, Basilikum und schwarzem Pfeffer

Snacks Nüsse und getrocknete Früchte; Saft; eine dicke Scheibe Melone oder Ananas; Weintrauben, Rohkostsalat mit Joghurt-Minze-Dipp

Sonntag

Frühstück Obstsalat auf Haferflocken mit Honig und Joghurt

Mittagessen Kürbissuppe; frisches Obst

Abendessen Gemüse-Chili mit braunem Reis; Zitronensorbet mit frischer Mango oder Papaya

Snacks siehe Samstag

Körperreinigung aus dem Glas

Obst und Gemüse sind voller Nährstoffe und ein Stützpfeiler jedes Reinigungs-Programms. Sie müssen aber nicht das ganze Wochenende lang knabbern, sondern können Obst und Gemüse auch in leckere Drinks verwandeln. Mit einem Entsafter oder Mixer ist das schnell erledigt. Hier finden Sie ein paar Anregungen (je 1 Portion):

Gemüse-Erfrischung
2 Brokkoliröschen; 2 Stangen Sellerie; 1 Tomate; 1 Knoblauchzehe (nach Wunsch)

Karotten-Apfelsaft
4 Karotten; 1 Apfel

Papaya-Erdbeer-Cocktail
1/2 Papaya, geschält und entkernt; 12 Erdbeeren; 100 ml Orangensaft

Frucht-Shake Banane-Melone-Aprikose
1 Banane, geschält; 1/4 Honigmelone, geschält und entkernt; 4 frische Aprikosen, entsteint

Bewegung

Walking: Frisch, fit und ausgeglichen

Wenn Sie sich für das Reinigungs-Programm entschieden haben, weil Sie Ihren Körper durch zu viel ausgelassenes Feiern und andere Ausschweifungen strapaziert haben, ist die Aussicht auf sportliche Anstrengung wahrscheinlich nicht gerade verlockend. Körperliche Aktivitäten haben aber nicht nur den Vorteil, dass sie beim Entgiften helfen, sondern sie regen auch die Verdauung an und reaktivieren Ihre Vitalkräfte.

Walking ist die ideale Methode, um den Körper wieder in Form zu bringen. Sie können Ihre Walking-Geschwindigkeit und -Intensität ganz einfach ihrem Fitnessgrad anpassen, und zudem kostet es nichts.

Vorteile des Walkings

Bewegung an der frischen Luft tut dem Körper gut, man fühlt sich gesünder und tatkräftiger und kann die Gedanken schweifen lassen. Außerdem werden die Sinne angesprochen. Man riecht die Waldluft, nimmt die Farben und Geräusche der Natur wieder wahr, richtet die Gedanken nach außen und vergisst so manchmal, was einen innerlich beschäftigt. So kann man durch Walking die Dinge in einem anderen Licht sehen.

Studien haben ergeben, dass man durch 45 Minuten schnelles Gehen viermal pro Woche bis zu 8 kg Fett im Jahr abbauen kann. Auf lange Sicht kann es das Osteoporoserisiko mindern, Herz und Lunge stärken und den LDL-Cholesterinspiegel (schädliches Cholesterin) senken.

Walking ist ebenso effektiv wie Jogging, wenn es um die Steigerung der Fitness geht, jedoch ist die Verletzungsgefahr beim Walking wesentlich geringer, das haben Studien bewiesen.

Am schwierigsten beim Walking ist es, die richtige Geschwindigkeit zu finden. Wenn Sie an ein gemächliches Schlendertempo gewöhnt sind, ist es schwer zu entscheiden, wann Sie schnell genug gehen, um Ihren Körper zu trainieren. Auf der nächsten Seite finden Sie unter der Überschrift „Wie schnell?“ einen Index, der als „Index der gefühlten Anstrengung“ bezeichnet wird. Mit seiner Hilfe können Sie Ihren ganz persönlichen Fitnessgrad langsam erhöhen und gleichzeitig die Risiken der Überlastung minimieren.

Drei Wege, das Training zu steigern

- Nehmen Sie leichte Hanteln mit zum Walking, um beim Gehen gleichzeitig Ihren Oberkörper zu trainieren.
- Für intensiveres Training und mehr Abwechslung sorgt das so genannte Intervall-Training. Gehen Sie abwechselnd je 400 m in schnellem Tempo und etwa 200 m in langsamerem Tempo.
- Nehmen Sie Geländesteigungen in Ihre Trainingsroute auf. Bergaufgehen ist ein exzellentes aerobes Training, regt das Herz-Kreislauf-System an und trainiert den Körper, den zugeführten Sauerstoff effektiver zu nutzen. Neigen Sie sich beim Bergaufgehen in aufrechter Haltung dem Berg entgegen (eine rückwärtige Neigung strapaziert den Rücken).

Wie schell?

Messen Sie Ihren persönlichen Anstrengungsgrad an einer Skala von 1 bis 10, wobei eins für sehr leicht und angenehm, zehn für sehr anstrengend steht. Versuchen Sie, einen Anstrengungsgrad von sechs zu erreichen, bei dem ihre Körpertemperatur ansteigt, Sie sich aber noch unterhalten können.

Walking-Tipps

- Tragen Sie robuste, bequeme Schuhe.
- Beginnen Sie mit einer Aufwärmphase (siehe S. 28).
- Gehen Sie immer in einer aufrechten Haltung mit geraden, nicht hängenden Schultern. Setzen Sie mit der Ferse auf und rollen Sie den Fuß ab.
- Erhöhen Sie nach und nach die Schrittweite. Denken Sie immer an eine aufrechte Haltung, spannen Sie die Bauchmuskulatur an und richten Sie Ihre Gedanken nach oben (denken Sie sich groß).
- Hören Sie auf Ihren Körper: Wenn Sie sich leicht außer Atem, aber angenehm gefordert fühlen, gehen Sie mit der richtigen Geschwindigkeit.
- Zehn Minuten langsameres Walking haben einen weit höheren Trainingseffekt als fünf Minuten schnelles Walking.
- Gehen Sie am Ende Ihres Walking-Trainings langsam aus und machen Sie ein paar Stretching-Übungen.

Müde Glieder aktivieren

Versuchen Sie während des Reinigung-Programms täglich vier Walking-Einheiten von etwa 30 Minuten zu absolvieren. Wenn Sie sich untrainiert und etwas eingerostet fühlen, wählen Sie einen sanften Einstieg. Vor Beginn jeder Einheit sollten Sie sich etwa drei bis vier Minuten aufwärmen. Beginnen Sie mit langsamem Gehen, rollen Sie die Schultern, heben Sie die Knie stark an, beugen Sie den Rumpf zu beiden Seiten. Anschließend folgen diese vier grundlegenden Stretching-Übungen:

1 Kniesehnen-Stretching

Stehen Sie in Schrittposition. Beugen Sie das hintere Bein, verlagern Sie Ihr Gewicht darauf und stützen Sie sich dabei mit beiden Händen auf dem Oberschenkel des gebeugten Beins ab. Halten Sie das Becken gerade und neigen Sie es nach vorne, so dass sich Ihr Steißbein hebt. Halten Sie diese Position für etwa 8–10 Sekunden. Wiederholen Sie die Übung mit dem anderen Bein.

2 Wirbelsäulen-Stretching

Stellen Sie die Füße parallel, etwas weiter als hüftbreit auseinander, und beugen Sie beide Knie leicht. Beugen Sie den Oberkörper nach vorne und stützen Sie sich dabei mit den Händen knapp oberhalb der Knie ab. Ziehen Sie den Bauch ein und bewegen Sie Stirn und Beckenboden aufeinander zu, um Ihre Wirbelsäule nach außen zu wölben. Halten Sie die Position etwa 8–10 Sekunden und fühlen Sie die Streckung entlang der Wirbelsäule.

3 *Waden-Stretching*

Stehen Sie in Schrittposition. Beugen Sie das vordere Bein und verlagern Sie Ihr Gewicht darauf. Die Ferse des hinteren Beins sollte dabei auf dem Boden bleiben und die Zehen beider Füße exakt nach vorne gerichtet sein. Schieben Sie ihre Hüfte nach vorne und versuchen Sie, Ihren Kopf in Höhe der Zehen Ihres vorderen Beins zu bringen. Halten Sie die Position etwa 8–10 Sekunden und fühlen Sie die Streckung der Wadenmuskulatur. Wiederholen Sie die Übung mit dem anderen Bein.

4 *Oberschenkel-Stretching*

Heben Sie den linken Fuß nach hinten an und umgreifen Sie ihn mit der linken Hand. Ziehen Sie das Bein langsam nach hinten, bis die Knie nebeneinander liegen. Halten Sie die Hüfte dabei gerade, spannen Sie die Bauchmuskulatur an, um den Rücken zu stützen, und schieben Sie das Becken nach vorne. Fühlen Sie die Streckung von der Hüfte über den vorderen Teil des Oberschenkels. Halten Sie die Position etwa 8–10 Sekunden. Wiederholen Sie die Übung mit dem anderen Bein.

Rundumpflege

Wenn Sie sich in letzter Zeit ein wenig vernachlässigt haben (nicht immer Ihr Augen Make-up entfernt oder Ihrer Haut nur selten Feuchtigkeitscreme gegönnt haben), ist jetzt der richtige Zeitpunkt für ein vollständiges Hautreinigungsprogramm. Nach der folgenden Pflege wird sich Ihre Haut erfrischt und sauber anfühlen. Wenden Sie dieses Pflegeprogramm einmal während des Reinigungswochenendes an (und lassen Sie diese umfassende Pflege in Zukunft einfach zur Gewohnheit werden).

Gesichtspflege

1 Verwenden Sie zum Entfernen von wasserfestem Make-up sanfte, leichte Lotionen (ohne Mineralölzusätze), um ein Austrocknen der Wimpern und der Augenlider zu verhindern. Auch sollten zu schwere, fettreiche Cremes nicht im Bereich der Augen angewendet werden, da diese darauf empfindlich reagieren könnten. Verwenden Sie beim Abschminken keine Universal-Gesichtsreiniger, sondern investieren Sie lieber in eine ausreichende Auswahl von Spezialprodukten, zu denen auch ein sanfter, speziell für die Augenpartie entwickelter Augen-Make-up-Entferner gehören sollte. Geben Sie den Entferner auf einen feuchten, runden Wattepad und drücken Sie ihn sanft auf die Region des Lides und der Wimpern, um das Make-up gründlich zu entfernen. Arbeiten Sie sanft von außen nach innen und benutzen Sie den Ringfinger, um zu viel Druck zu vermeiden. Das Augenlid sollte dabei nicht unnötig verschoben werden, da es sehr empfindlich ist. Ein guter Augen-Make-up-Entferner eignet sich normalerweise auch zum Entfernen von Lippenstift. Das ist vor allem bei dunklen Lippenstiften sehr praktisch, die manchmal die Lippen leicht einfärben.

2 Reinigen Sie Ihre Gesichtshaut immer mit einem Ihrem Hauttyp entsprechenden Produkt: Verwenden Sie bei trockener, empfindlicher Haut eine Creme oder Milch, bei normaler Haut eine Lotion und bei fettiger Haut Gels, Schaumreiniger oder fettfreie Lotionen. Die Gesichtsreiniger müssen nicht unbedingt mit Tüchern oder Wattepads aufgetragen werden. Dabei verbraucht man oft mehr, als nötig ist.

Arbeiten Sie bei der Gesichtsreinigung vom unteren Halsbereich mit leichten, kreisenden Bewegungen nach oben. Tragen Sie den Reiniger mit den Fingern in von innen nach außen kreisenden Bewegungen auf die Gesichtshaut auf (unter Auslassung der Augenpartie). Entfernen Sie überschüssigen Reiniger mit einem sauberen, feuchten Waschlappen.

3 Mit einem Peeling lassen sich die abgestorbenen Zellen der obersten Hautschicht hervorragend entfernen, wodurch Ihr Gesicht straffer und lebendiger wirkt. Das Peeling sanft auftragen und gut abspülen.

4 Füllen Sie eine Schale mit warmem Wasser und geben Sie ein paar Tropfen ätherisches Lavendel- oder Eukalyptusöl hinzu. Inhalieren Sie etwa fünf Minuten unter einem Handtuch. Der Dampf öffnet die Poren und erleichtert die gründliche Gesichtsreinigung. Ebenso erleichtert es das Zupfen der Augenbrauen, da sich die Haare aus den geöffneten Poren besser entfernen lassen. (Wenn Sie auf Wangen und Nase zu geplatzten Äderchen neigen, sollten Sie diesen Schritt auslassen.)

5 Tragen Sie eine Gesichtsmaske auf. Sie können auf das reiche Angebot der im Handel erhältlichen Masken zurückgreifen oder selbst eine Gesichtsmaske herstellen (siehe Rezeptliste S. 49).

6 Entfernen Sie die Maske mit warmem Wasser. Massieren Sie Ihre Haut zunächst mit leichtem Klopfen und dann durch Auftragen eines Aromatherapie-Gesichtsöls. Tragen Sie diese Öle immer auf die feuchte Haut auf, atmen Sie beim Auftragen tief ein und massieren Sie das Öl sanft ein.

7 Entfernen Sie überschüssiges Öl mit einem sanften, beruhigenden, adstringierenden oder erfrischenden Gesichtswasser. Wer eine sehr trockene, empfindliche Gesichtshaut hat, sollte auf Gesichtswasser auf Alkoholbasis verzichten, da sie austrocknend wirken können. Gesichtswasser erfrischen die Haut und können die Poren vorübergehend kleiner erscheinen lassen.

8 Tragen Sie Augengel mit sanften Bewegungen von außen nach innen auf. Lassen Sie dabei den beweglichen Teil des Augenlides aus (da dieser Bereich sehr dünn und empfindlich ist).

9 Tragen Sie eine Feuchtigkeitscreme auf. Wählen Sie eine Tagescreme, die ihre Haut vor Umweltbelastungen, UV-Strahlen und trockener Luft (z. B. durch Klimaanlagen) schützt. Dermatologen empfehlen, die Gesichtshaut auch im Winter mit einem Lichtschutzfaktor von mindestens 15 zu schützen.

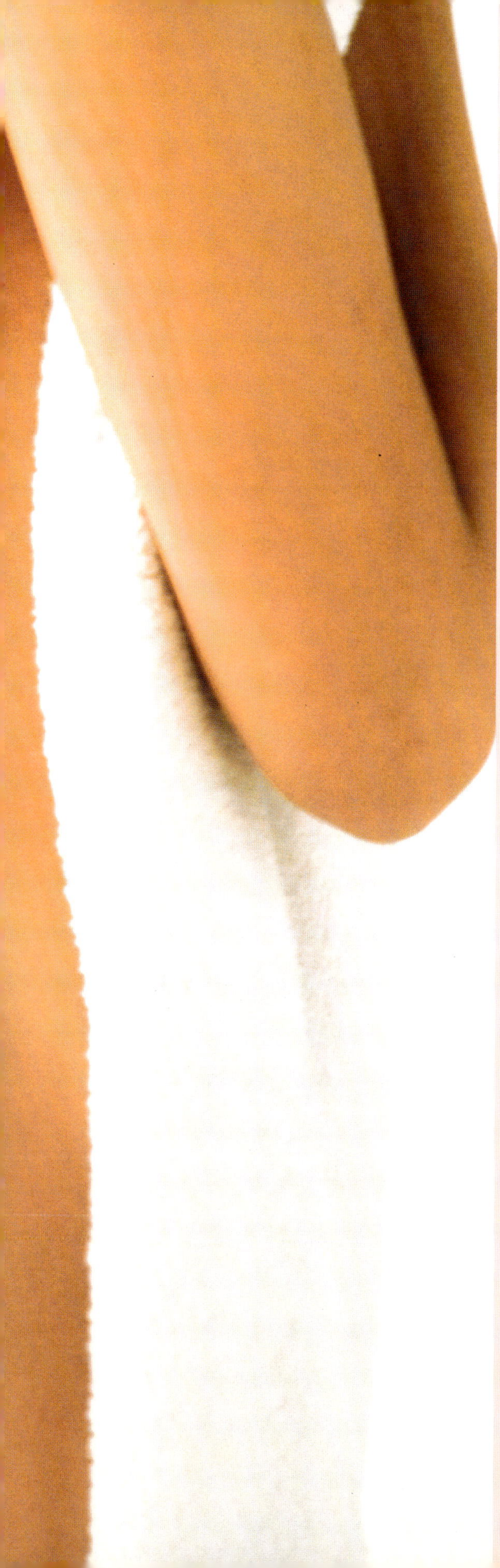

Körperpflege

Vor jeder gründlichen Körperpflege sollten Sie Ihre Haut sanft bürsten, um abgestorbene Zellen zu entfernen und die Poren zu öffnen. Dadurch werden Blutkreislauf und Lymphdrüsen angeregt, die für das Ausscheiden von Giftstoffen aus dem Körper verantwortlich sind. Bürsten Sie Ihre Haut einmal während des Reinigungswochenendes, wobei tägliches Bürsten vor dem Bad oder der Dusche der Haut generell gut tut. Verwenden Sie eine große Körperbürste und bürsten Sie die trockene Haut etwa fünf Minuten mit langen Streichbewegungen in Richtung des Herzens.

Auch Körperpeelings eignen sich hervorragend, um abgestorbene Zellen zu entfernen und die Durchblutung anzuregen. Sie können entweder eines der im Handel erhältlichen Peelings verwenden oder etwas Meersalz und einen Luffa-Schwamm. Arbeiten Sie in sanften, kreisenden Bewegungen und widmen Sie Ihren Knien, Ellbogen und Füßen besondere Aufmerksamkeit. Duschen Sie sich gründlich ab und schließen Sie mit einer die Haut erfrischenden, kalten Dusche ab.

Vergessen Sie nicht das Wichtigste nach dem Duschen: die Feuchtigkeitscreme. Verwenden Sie eine herrlich duftende Körperlotion oder ein Aromatherapie-Körperöl.

Den Kopf frei machen, Ballast loswerden

Bei dem Reinigungs-Programm geht es darum, sich von Kopf bis Fuß zu reinigen. Dazu gehört es auch, sich innerlich „aufzuräumen". Wir alle werden von Zeit zu Zeit von ungesunden Gedanken und Gefühlen geplagt, die unseren Geist „vergiften": Wut, Frustration und negative Gedanken können uns beunruhigen und sich negativ auf unser Selbstwertgefühl auswirken, wenn wir ihnen nichts entgegensetzen.

Es gibt eine Vielzahl von Möglichkeiten, sich von den schädlichen Gedanken zu befreien, die unser Wohlbefinden beeinträchtigen. Probieren Sie eine oder mehrere der folgenden Techniken zur mentalen Klärung und Stärkung der Selbstsicherheit einmal während Ihres Reinigungswochenendes aus.

Beginnen Sie mit Ihrer unmittelbaren Umgebung. Sehen Sie ihre Schränke, Ihre Garderobe und sogar Ihr Adressbuch durch und überlegen Sie, welche Dinge oder Menschen Sie nur Platz, Zeit und Energie kosten. Machen Sie einen „klaren Schnitt". Fangen Sie ganz neu an, und zwar genau jetzt.

Gedankenspiele

Machen Sie Ihren Kopf mit ein paar einfachen Meditationen und Übungen frei. Konzentrieren Sie sich auf das Hier und Jetzt. Vergangenes, Pläne für die Zukunft, Sorgen und Versprechen lenken uns nur allzu leicht von der Gegenwart ab. Stressforscher raten, jeden Tag mindestens einmal alles beiseite zu schieben und sich ausschließlich auf den Moment zu konzentrieren, auf die einfachen Aufgaben, die wir jeden Tag zu bewältigen haben.

Finden Sie etwas, auf das Sie sich gerne konzentrieren, sei es das Aussortieren alter Kleidungsstücke, der Abwasch oder die Blumenpflege. Je einfacher die Aufgabe, desto besser. Widmen Sie dieser Aufgabe Ihre volle Aufmerksamkeit. Versuchen Sie, Ihre Gedanken nicht abschweifen zu lassen.

Ergreifen Sie beispielsweise während der etwa 40 Sekunden, die das Händewaschen dauert, die Gelegenheit, die Sinneseindrücke, die dabei entstehen, einmal ganz intensiv wahrzunehmen: die Wärme, die Nässe, die Geschmeidigkeit des Seifenschaums, das Gefühl beim Abspülen und Abtrocknen der Hände. Die Konzentration auf eine einfache Aufgabe erleichtert es, die alltäglichen Sorgen und Nöte einmal beiseite zu schieben.

Denken Sie sich rein

Wenn wir klar denken, scheint der Alltag leichter zu meistern zu sein. Etwa 20 Minuten Meditation pro Tag wirken wie ein mentales Bad:

- Wenn Sie einen Radiowecker haben, stellen Sie ihn so ein, dass er sich nach 20 Minuten leise einschaltet. Oder stellen Sie eine Küchenuhr in ein anderes Zimmer, so dass Sie sie hören, aber eben nicht laut.
- Suchen Sie sich einen positiven Fokusbegriff wie etwa Ruhe, Frieden oder Liebe, auf den Sie sich konzentrieren.
- Nehmen Sie eine bequeme Sitzhaltung ein, schließen Sie die Augen und entspannen Sie bewusst die Muskeln.
- Atmen Sie langsam und tief. Sprechen Sie bei jedem Ausatmen Ihren Fokusbegriff aus.
- Bleiben Sie entspannt. Denken Sie nicht darüber nach, ob Ihnen die Übung gelingt. Wenn sich andere Gedanken einschleichen wollen, schieben Sie sie beiseite und wiederholen Sie Ihr Fokuswort.
- Bleiben Sie 20 Minuten ruhig und entspannt sitzen und fahren Sie fort, Ihr Fokuswort bei jedem Ausatmen zu wiederholen.
- Lassen Sie nach den 20 Minuten Ihre Gedanken zurückkehren, bleiben Sie noch eine Minute entspannt sitzen und stehen Sie dann langsam auf. Führen Sie diese Übung während des Wochenendes zweimal am Tag durch.

Bannen Sie Ihren Ärger auf Papier

Wenn spontane Wut unterdrückt wird, kann sie leicht in anhaltenden Groll oder Depressionen umschlagen. Das Niederschreiben der persönlichen Ängste und Unzufriedenheiten ist aber ein sehr effektiver Weg, sich über seine Emotionen klar zu werden und die eigene Psyche zu erforschen. Über eine unangenehme Erfahrung zu schreiben, kann die Erinnerungen klären. Wenn man sich diesen Gefühlen offen stellt, erschließt sich oft eine andere Perspektive. Lassen Sie an diesem Wochenende alles raus! Schreiben Sie Briefe an Menschen, auf die Sie wütend sind oder über die Sie sich ärgern. (Oder schreiben Sie einen Brief an Ihr Leben.) Listen Sie die Dinge oder Ereignisse auf, die Ihnen Unbehagen bereitet haben, wie Sie sich dabei gefühlt haben, und warum. Schreiben Sie am Ende des Briefes „Ich vergebe Dir". Visualisieren Sie sich selbst als von Schmerz und Wut gereinigt. Anschließend sollten Sie die Briefe auf jeden Fall vernichten.

Ein glückliches und positives Bild

Die Vorstellungskraft ist ein sehr mächtiges Werkzeug, das uns helfen kann, uns von schlechten Gewohnheiten zu trennen und neu zu beginnen. Probieren Sie einmal diese Übung aus: Malen Sie in Gedanken ein düsteres, graues Bild von all den Dingen, die Sie hinter sich lassen möchten (wie z.B. das Rauchen, übermäßiges Essen oder pessimistische Gedanken). Ersetzen Sie dieses Bild dann durch ein großes, strahlendes Bild all der Dinge, auf die Sie hinarbeiten möchten. So arbeiten Ihre Fantasien für Sie.

Visualisieren Sie Ihr gereinigtes Ich

Probieren Sie einmal folgende Übung, um Ihre Gedanken zu reinigen. Stellen Sie sich vor, Ihr gesamter Körper wird von einem reinigenden, revitalisierenden, leuchtend weißen Licht durchflutet, das Sie vom Kopf aus langsam durchströmt. Auf dem Weg durch Ihren Körper nimmt es alle Giftstoffe und negativen Gedanken mit und spült sie hinaus.

Bessere Atmung

Stellen Sie sich Ihre Atmung als kleinen Frühjahrsputz in Ihren Zellen vor. Jeder Atemzug reinigt den Körper und führt ihm Nährstoffe zu. Die meisten denken, das Atmen sei ein einfacher und natürlicher Vorgang, dennoch nutzen nur wenige Menschen das gesamte Potenzial ihrer Atmung.

Manche Menschen atmen zu schnell und zu flach und schöpfen nur einen Teil ihrer Lungenkapazität aus. Eine solche Atmung kann auch durch einen Asthmaanfall oder eine Panikattacke ausgelöst werden oder sogar dadurch, dass man sich zu viele Gedanken über die eigene Atmung macht.

Wie funktioniert die Atmung?

Bei jedem Atemzug werden Sauerstoffmoleküle von der Lunge absorbiert und in das Blut geleitet, wo sie sich an Hämoglobin (einem Pigment in den roten Blutkörperchen) anlagern. So bildet sich Oxyhämoglobin, der Bestandteil, der dem Blut seine leuchtend rote Farbe verleiht. Das Oxyhämoglobin wird dann über den Blutkreislauf durch den gesamten Körper transportiert, beliefert alle Körperzellen durch den Sauerstoff mit Energie und nimmt dabei Kohlendioxyd auf. Dieses wird dann zurück zur Lunge transportiert, die es ausatmet.

Trainieren Sie Ihre Lunge

Durch regelmäßiges Training können Sie mehr Sauerstoff aufnehmen. Im Ruhezustand atmet ein Erwachsener mit jedem Atemzug durchschnittlich etwa 0,5 Liter Luft ein. Bei starker körperlicher Belastung benötigen die Muskeln mehr Energie und die Aufnahme von Luft wird auf bis zu 4,5 Liter pro Atemzug gesteigert. Durch das Training der Atmungsmuskulatur können Sie Ihre Atmung stark verbessern.

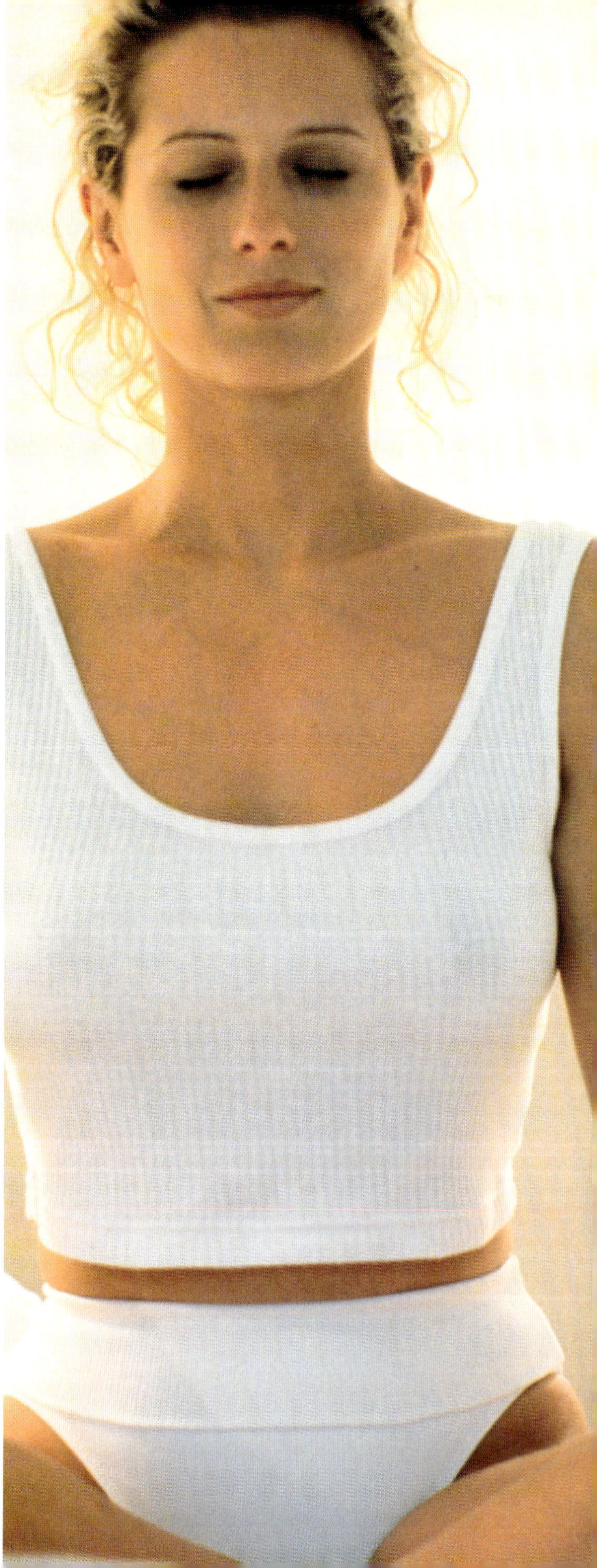

Erlernen Sie das Atmen neu

Reservieren Sie während des Reinigungs-Programms täglich etwa fünf bis zehn Minuten, um sich von der Brustatmung auf eine Zwerchfellatmung umzustellen. Spüren Sie beim Einatmen die Luft, wie sie durch Ihre Nasenlöcher in Ihren Körper strömt. Atmen Sie bis in den Unterbauch und lassen Sie ihn anschwellen. Zählen Sie während des Ein- und Ausatmens langsam mit und lassen Sie sich beim Ausatmen so lange Zeit wie möglich. Fühlen Sie, wie die Luft beim Ausatmen Ihren Körper wieder verlässt.

Übungen

Versuchen Sie die folgenden Yoga-Techniken und wenden Sie sie an, wann immer Sie etwas Entspannung benötigen.

1 Setzen Sie sich im Schneidersitz auf den Boden, führen Sie Daumen und Zeigefinger an beiden Händen zusammen und legen Sie die Hände mit dem Handrücken auf die Knie. Strecken Sie Ihre Wirbelsäule, halten Sie dabei Ihre Schultern unten und entspannen Sie sich.

2 Ziehen Sie die drei mittleren Finger Ihrer rechten Hand an, lassen Sie Daumen und kleinen Finger abstehen, halten Sie Ihr rechtes Nasenloch mit dem kleinen Finger der linken Hand zu und atmen Sie tief durch das linke Nasenloch ein. Schließen Sie die Augen, entspannen Sie sich und atmen Sie fünf Sekunden lang tief ein. Atmen Sie fünf Sekunden lang kräftig aus. Wiederholen Sie dies zehnmal.

3 Nehmen Sie den kleinen Finger vom rechten Nasenloch und halten Sie das linke Nasenloch nun mit dem Daumen zu. Schließen Sie die Augen, entspannen Sie sich und atmen Sie fünf Sekunden lang tief ein. Atmen Sie fünf Sekunden lang kräftig aus. Wiederholen Sie dies zehnmal.

KAPITEL 3

Revitalisierungs Programm

Neue Frische von innen und außen

Sie fühlen sich müde und glanzlos? Nicht mehr lange. Mit dem richtigen Essen, sanften, Energie spendenden Übungen und der Pflege von Haut und Haaren können Sie Glanz und Vitalität in einem Wochenende wieder herstellen.

Energie durch Essen

Um uns frisch und vital zu fühlen, müssen wir die richtige Mischung an Kohlenhydraten in Kombination mit Nahrungsmitteln zu uns nehmen, die die optimale Menge an Mikronährstoffen (B-Vitamine, Magnesium und Eisen) enthalten. Die folgenden Richtlinien verhelfen Ihnen zu neuer Vitalität.

IDEALE ENERGIELIEFERANTEN

Kohlenhydrate

Der glykämische Index (GI) beschreibt, wie schnell ein Nahrungsmittel den Blutzuckerspiegel erhöht. Nahrungsmittel mit niedrigem GI werden langsam verdaut und aufgenommen und geben über längere Zeit Energie ab. Speisen mit hohem GI werden schnell aufgenommen und spenden schnell, aber nur kurzfristig Energie.

Niedriger GI: Hülsenfrüchte, Haferflocken, Gersten-Cerealien, Körnerbrot, Nudeln, Basmatireis, Früchtebrot, heimisches Obst und Säfte, Fladenbrot, Milch, Joghurt.
Hoher GI: Weiß- und Vollkornbrot, Kartoffeln, Reis, tropische Früchte, Wurzelgemüse, Gebäck, Konfiserie, süße Getränke.

UM DIE MAXIMALE ENERGIE ZU ERHALTEN, essen Sie etwa zwei Stunden vor dem Sport eine leichte Mahlzeit mit niedrigem GI. Nehmen Sie nach dem Sport Speisen mit hohem GI zu sich, um den Glykogen- (Kohlenhydrat-) Speicher Ihrer Muskeln wieder aufzufüllen.

Speisen mit Energie spendenden Mikronährstoffen

MAGNESIUM-LIEFERANTEN:
Fisch, grünes Gemüse, Nüsse, Vollkornbrot, Cerealien, Kartoffeln
LIEFERANTEN FÜR B-VITAMINE UND EISEN:
rotes Fleisch, fetter Fisch, entsprechend angereicherte Cerealien, Vollkornbrot, grünes Gemüse

MENÜVORSCHLÄGE FÜR VIEL ENERGIE

Samstag

Frühstück: Haferbrei mit gewürfelten Trockenaprikosen und fettarmer Milch
Mittagessen: Fladenbrot mit Hühnchen und gemischtem grünem Salat; Fruchtjoghurt
Abendessen: Nudeln mit Lachs und Spinat, Bratapfel
Snacks: Hoher GI – Cornflakes, Folienkartoffel, Banane, Wassermelone, Weingummi
Niedriger GI – Fruchtjoghurt, Früchtebrot, Apfel, Orange, Birne, Trauben, Bohnen auf Toast

Sonntag

Frühstück: Müsli mit geriebenem Apfel und fettarmer Milch.
Mittagessen: Bohnen-Thunfisch-Salat, grüner Salat, Weizenschrot-Brötchen; Kirschen.
Abendessen: Im Wok gebratenes Hühnchen oder Tofu, Gewürze und asiatisches Gemüse mit Nudeln; Obstkompott (Trockenobst und 1/2 Zimtstange in Orangensaft kochen) mit Magerquark.
Snacks: siehe Samstag.

Energie durch Sport

Wenn Sie sich erschöpft und kraftlos fühlen, ist Sport gewiss das Letzte, was Ihnen in den Sinn kommt, nicht wahr? Trotzdem ist Sport genau das Mittel der Wahl, das Ihnen neue Energie und Vitalität verleiht. Das gilt für jede Form der Bewegung, vom Spaziergang über Aerobic bis hin zum Tanzen vor der Stereoanlage.

Natürlich gibt es auch Zeiten, in denen ein Nickerchen auf dem Sofa besser für Sie ist als Sport. Aber dabei sollten Sie auf Ihren Körper hören. Beurteilen Sie selbst, ob Ihnen ein bisschen Bewegung nicht neue Energie spenden könnte. In der Regel lautet die Antwort ja.

Bewegung ist gut gegen Stress, da sie vom Alltagstrott ablenkt und die Konzentration vom Verstand auf den Körper verlagert. Sport kann auch dabei helfen, die Anspannung nach einem anstrengenden Tag zu lösen, indem er Sie körperlich müde macht und Ihnen so zu einem besseren Schlaf verhilft.

Je mehr Sie sich bewegen, desto besser kann Ihr Körper Glykogen (Kohlenhydrate) speichern und Fett als Energiequelle nutzen. Auch Herz und Lunge werden kräftiger und jeder Herzschlag pumpt mehr Blut und damit Sauerstoff durch Ihren Körper – Sie werden einfach leistungsfähiger.

Welcher Sport eignet sich?

Wählen Sie für Ihr Revitalisierungswochenende eine Sportart, die Ihnen Spaß macht.

- Aerobe Übungen bringen die meiste Energie, da sie das Hormon Endorphin freisetzen. Sie haben daneben eine Langzeitwirkung auf das Herz-Kreislauf-System und regen den Stoffwechsel an. Versuchen Sie es mit Tanzen, Inline-Skating, Walking oder Mannschaftssport – Hauptsache, Sie haben Spaß dabei und sehen es nicht als lästige Anstrengung an.
- Vor dem Endorphin-Ausstoß steht harte Arbeit. 20 Minuten Joggen reichen da nicht aus, aber eine halbstündige, sehr intensive Belastung. Übertreiben Sie es aber nicht. Wenn Sie wenig Übung haben, beginnen Sie mit kurzen Trainingseinheiten. Das langfristige Ziel sollten wöchentlich drei bis fünf Trainingseinheiten von jeweils 30–60 Minuten Dauer sein.

LÖSEN SIE SPANNUNGEN

Aerober Sport sollte nur ein Teil des Fitness-Programms sein. Eine weitere wichtige Methode zum Lösen von Muskelverspannungen und Stress sind Dehnübungen (Stretching). Yoga und Tai Chi helfen bei der Entspannung und lenken die Konzentration auf die richtige, tiefe Atmung. Dadurch wird die Energie erhöht und mehr Sauerstoff in Gehirn und Muskeln geleitet (siehe die energetisierenden Tai Chi-Übungen auf S. 56). An diesem Wochenende besteht das Ziel in 30–60 Minuten aeroben Sports, entweder en bloc oder auf zwei oder drei Einheiten verteilt. Vergessen Sie nicht die Dehnübungen. Entwickeln Sie Ihr eigenes Programm oder nutzen Sie die Anleitungen auf den Seiten 44–47.

Bewegen Sie sich!

Wenn Sie nach einer neuen Art der Bewegung suchen, aber den Weg ins Sportstudio scheuen, versuchen Sie es mit NIA (Non-Impact Aerobics oder Neuromuskuläre Integrative Aktion). Alles, was Sie brauchen, ist etwas Platz, Musik und bequeme Kleidung. Und natürlich Rhythmus!

NIA ist eine Technik für Geist, Körper und Seele, die aerobes Training, Balance und Beweglichkeit verbindet. Sie ist zwar recht intensiv, aber auch sicher und für Menschen aller Fitness-Stufen geeignet. Es handelt sich dabei um eine Kombination aus westlichen und östlichen Übungen, die Elemente von Taekwondo, Tai Chi, Yoga, Alexander-Technik, Rolfing, Jazzgymnastik und Tanz mit Musik kombiniert. Es gibt keine festen Strukturen oder vorgeschriebenen Bewegungen. Vielmehr soll Ihre Imagination Ihren Körper lenken. Sie können in der einen Minute tanzen wie eine Ballerina und in der nächsten schreien und mit den Füßen trampeln wie ein kleines Kind.

NIA bietet nicht nur aerobes Training, sondern fördert auch die neuromuskuläre Koordination und macht Sie fit für den Alltag. Es ist leicht durchzuführen, macht Spaß, erfrischt und revitalisiert. Es ist somit das perfekte Bewegungsprogramm für das Revitalisierungswochenende.

Im Idealfall sollten Sie dieses Programm dreimal pro Woche durchführen (dieses Wochenende könnte Ihre erste Einheit sein). Es sollte nicht mehr als eine halbe Stunde dauern, wobei jede Übung etwa vier Minuten dauert. Führen Sie die Bewegungen langsam und fließend aus, aber denken Sie daran: Es geht um den Selbstausdruck. Legen Sie Ihre Lieblingsmusik auf und bewegen Sie sich mit Freude.

Energitisierende Übung

Das Dreieck

1 Stehen Sie mit hüftbreit gespreizten Beinen und leicht gebeugten Knien.

2 Strecken Sie die Arme vor und formen Sie mit Daumen und Zeigefingern ein Dreieck vor Ihrem Gesicht. Blicken Sie durch das Dreieck und atmen Sie. Entspannen Sie die Schultern. Sie sind geerdet, entspannt, bewusst, zentriert und energetisch.

3 Achten Sie auf das Gefühl des Bodens unter Ihren Füßen, blicken Sie durch das Dreieck und konzentrieren Sie sich auf die Übung. Stellen Sie sich selbst als Athleten vor, der sich auf seinen Auftritt vorbereitet.

Der Bogenschütze

1 Stehen Sie mit hüftbreit gespreizten Beinen. Treten Sie einen Schritt zurück und zur Seite, so dass die Beine weit gespreizt sind, die Füße nach außen weisen und die Knie sich über den Füßen befinden. Heben Sie den linken Arm schräg zur Decke. Beugen Sie mit gerader Hüfte die Knie, atmen Sie ein und lehnen Sie sich zurück. Blicken Sie am ausgestreckten Arm entlang und winkeln Sie den anderen so an, als ob Sie einen Bogen spannen (s. Bild). Zeigen Sie mit den Fingern zum Ziel des „Pfeils" und fühlen Sie die Öffnung zwischen Rippen und linker Hüfte.

2 Richten Sie sich mithilfe von Bauch, Beinen und Gesäß wieder auf. Konzentrieren Sie sich auf das Gefühl des Hochdrückens. Bringen Sie die Beine wieder in hüftbreite Stellung. Heben Sie den rechten Arm parallel zum linken, als hätten Sie den Pfeil losgelassen. Pusten Sie den Pfeil ins Ziel und kehren Sie in die Ausgangsposition zurück.

3 Wiederholen Sie den Ablauf zunächst achtmal auf jeder Seite, dann vier-, zwei- und einmal im Seitenwechsel.

Der Umhang

1 Stehen Sie mit gespreizten Beinen. Bringen Sie Ihre rechte Hand in einer gleitenden, kreisförmigen Bewegung vor den Körper und nach links oben, als wollten Sie sich einen Umhang über die Schulter werfen. Sie können auch ein Tuch nehmen.

2 Wiederholen Sie die Bewegung mit der linken Hand.

3 Wiederholen Sie die beiden Bewegungen, gehen Sie aber jetzt dabei tief in die Knie. Während die rechte Hand nach links geht, drehen Sie den rechten Fuß nach innen; während die linke nach rechts geht, drehen Sie den linken Fuß nach innen. Atmen Sie beim Heruntergehen aus. Atmen Sie beim Heraufkommen ein und füllen Sie sich mit neuer Energie. Machen Sie diese Übung drei Minuten lang im Seitenwechsel.

Weitere Übungen

Der Engel

1 Stehen Sie mit hüftbreit gespreizten Beinen. Heben Sie die Arme und treten Sie gleichzeitig mit dem linken Fuß einen Schritt vor, rollen Sie den Fuß bis zum Ballen vor und heben Sie das linke Bein hinter sich vom Boden.

2 Kehren Sie in die Ausgangsposition zurück. Strecken Sie beide Arme seitlich parallel zum Boden aus. Stellen Sie sich vor, es kommen Laserstrahlen aus ihren Fingern und erleuchten den Raum. Sagen Sie laut „Hah!" oder auch „Ja!", oder, wenn Sie einen schlechten Tag hatten, „Nein!"

3 Wiederholen Sie die Übung zunächst achtmal auf jeder Seite und reduzieren Sie die Wiederholungen dann auf vier-, zwei- und einmal im Seitenwechsel.

Die Welle

1 Stehen Sie mit hüftbreit gespreizten Beinen und lockeren Knien. Heben Sie beide Arme über den Kopf und strecken Sie sich zur Decke.

2 Gehen Sie in die Knie, beugen Sie sich vor und senken Sie gleichzeitig die Arme. Atmen Sie beim Aufrichten ein und beim Heruntergehen aus.

3 Wiederholen Sie den Ablauf achtmal. Stellen Sie sich dabei vor, Sie bewegen sich mit dem Meer. Bewegen Sie sich fließend und oben und unten ohne Pause. Sie sind eine Welle, die zwischen Himmel und Meer fließt.

Die Blase

1 Werden Sie ruhig und strecken Sie sich, als befänden Sie sich im Inneren einer großen Blase. Drücken Sie alle Seiten der Blase mit sämtlichen Gliedern nach außen. Konzentrieren Sie sich ganz auf das Gefühl des Streckens und Dehnens. Fühlen Sie, wie verschiedene Bereiche Ihres Körpers stärker gestreckt werden müssen als andere. Bewegen Sie sich geschmeidig wie eine Katze.

Das Dreieck

1 Kehren Sie zur ersten Übung des Programms zurück. Machen Sie sich bewusst, dass das Programm zu Ende geht, und seien Sie wieder geerdet, entspannt, bewusst, zentriert und energetisch.

2 Während Sic durch das Dreieck blicken, atmen Sie dreimal langsam durch. Das erste Einatmen symbolisiert die Vergangenheit, das zweite die Gegenwart und das dritte die Zukunft. Gehen Sie beim dritten Atemzug zwei Schritte vor und treten Sie durch das Dreieck in die Zukunft.

Befreien Sie Ihre sexy Haut

Was steht zwischen Ihnen und einer strahlend reinen Haut? Schlafmangel, schlechte Durchblutung, eine verantwortungslose Ernährung? Viele tote Hautzellen? Oder gar alles zusammen? Hier sollten Ihnen die Ernährungstipps und die Übungen wie auch eine gründliche Gesichtsreinigung (siehe S. 31 und 32) helfen.

Die besten Peelings

Knausern Sie nicht mit Peelings und Gesichtsmasken, weil schon das Auftragen und Entfernen gute Ergebnisse bringt. Es geht darum, abgestorbene Hautzellen zu entfernen, so dass die glattere Haut strahlt. Entgiftende Schlamm- und Algenpackungen sind gut für Körper und Gesicht und erinnern an selige Kindertage mit vergnügten Schlammspielen.

Selbst gemachte Peelings

Obwohl es zahllose Produkte in den Regalen der Geschäfte gibt, ist doch schon Ihre Küche ein perfekter Beauty-Salon. Sie können sich auf einfache Weise selbst Masken und Peelings anrühren. Reinigen Sie Ihr Gesicht vor dem Auftragen.

Sanftes Peeling
(für empfindliche Haut)
2 gehäufte TL feines Hafermehl
2 TL Sahne
Die Zutaten mischen und sanft in die Haut massieren, dabei die Augen auslassen. Abspülen.

Hafermehl-Peeling
2 EL fein gemahlenes Hafermehl
1 EL Mandelöl
Mischen und um die Augen herum in die Haut massieren, dann abspülen. (Dieses Peeling eignet sich für den gesamten Körper.)

Reinigungsmaske
2 gehäufte TL Mehl
1 TL Wasser
1 TL Honig
Zu klebriger Konsistenz mischen. Um die Augen herum auf das Gesicht auftragen. Fünf bis sieben Minuten wirken lassen, dann abspülen.

Feuchtigkeitsmaske
1 Ei
1 EL Sonnenblumen- oder Olivenöl
Ei und Öl verschlagen und um die Augen herum auf das Gesicht auftragen. 10–15 Minuten wirken lassen, dann abspülen.

Polenta-Joghurt-Peeling
1 EL Maismehl (Polenta)
2 EL Naturjoghurt
Für vitale, strahlende Haut. Zu einer Paste mischen und sanft mit kleinen, kreisenden Bewegungen in die Haut massieren. Am Kinn beginnen und zu den Wangen und zur Stirn hin arbeiten, dabei die Augen auslassen. Abspülen.

Vitamin-E-Maske
1 Avocado
Eine beruhigende, Feuchtigkeit spendende Maske. Das Fruchtfleisch zu einer Paste pürieren und um die Augen herum auf das Gesicht auftragen. Dabei leicht mit dem Avocadokern einmassieren. Mit warmem Wasser abwaschen.

Glanz-Peeling
250 ml flüssiger Honig
1/2 Tasse Sesamsaat
getrocknete Kräuter wie Lavendel oder Minze
Zu einer klebrigen Paste mischen und in langsamen, kreisförmigen Bewegungen auf den ganzen Körper auftragen. Mit warmem Wasser abduschen.

Wenden Sie die Masken und Peelings zusammen mit der Gesichtspflege auf den S. 31 und 32 an.

Haare mit tollem Glanz

Sind Sie unzufrieden mit Ihrem Haar? Der Zustand der Haare kann auf gesundheitliche Probleme und mangelndes Wohlbefinden hindeuten, was seinerseits Stimmung und Selbstvertrauen beeinträchtigen kann. An diesem Wochenende soll Ihr Haar die Aufmerksamkeit erhalten, die ihm gebührt.

Wie gesund ist Ihr Haar?

1 Fassen Sie eine Haarsträhne mit etwa 7–8 cm Abstand zwischen zwei Pinzetten und ziehen Sie sie auseinander. Gesundes Haar sollte sich um etwa 30%, hier also ca. 2 cm, dehnen, bevor es reißt. Reißt es früher, hat es seine Elastizität verloren.

2 Tasten Sie Ihre Kopfhaut mit den Fingern ab. Wenn sie sich gespannt anfühlt und kaum bewegen lässt, kann das an schlechter Durchblutung liegen. Fühlt sie sich schwammig an, kann sie entzündet sein oder Giftstoffe eingelagert haben und benötigt eine Massage.

3 Wenn sich Ihr Haar nach dem Shampoonieren rau anfühlt, kann das an einem zu aggressiven Shampoo liegen. Nehmen Sie ein Shampoo mit Pflegeölen oder eines für trockenes Haar.

Es gibt keine Alternative zu einem guten Haarschnitt, aber wenn es um Glanz und Spannkraft geht, können Sie die folgenden Behandlungen anwenden, die selbst mit den störrischsten Locken fertig werden.

Pflegeöl

Verwöhnen Sie Ihr Haar mit einem Pflegeöl. Erwärmen Sie 4–5 Esslöffel Öl und tragen Sie es mit einem Wattebausch auf jeden Quadratzentimeter Ihrer Kopfhaut auf. Lassen Sie es über Nacht wirken – das Kissen können Sie mit einem Handtuch schützen. Waschen Sie das Öl am nächsten Morgen aus.

Kopfhautmassage

Konzentrieren Sie sich eher auf die Reinigung der Kopfhaut als der Haare und nehmen Sie ein Shampoo mit pflegendem Jojoba- oder Mandelöl. Diese Öle helfen selbst fettigem Haar, da sie den Haarwurzeln vorgaukeln, sie hätten das Fett selbst produziert, und damit die weitere Produktion regulieren. Massieren Sie die Kopfhaut beim Einschäumen mit den Handflächen und Fingerspitzen, um sie zu entspannen, die Durchblutung zu fördern und die Zellerneuerung anzuregen.

Das optimale Shampoo

Beschädigtes Haar wirkt stumpf, weil die Haarschuppen in Unordnung oder beschädigt sind. Wenn die Schuppen hingegen flach anliegen, glänzt das Haar und ist besser gegen Strapazen wie heiße Föhnluft geschützt. An diesem Wochenende werden wir eine halbe Stunde dem gründlichen Shampoonieren widmen.

1 Shampoonieren Sie das Haar sanft von der Kopfhaut zu den Spitzen hin ein. Spülen Sie es nicht mit Badewasser aus, da die alkalischen Seifenrückstände das Haar stumpf werden lassen.

2 Spülen Sie das Haar stattdessen mit kaltem Wasser aus einem Krug oder aus der Dusche aus, um die Haarschuppen zu schließen. Alternativ können Sie den Saft einer Zitrone (oder eine Kappe Essig) in einem Liter kaltem Wasser lösen – die Säure zieht die Haarschuppen zusammen. Tragen Sie eine Pflegespülung auf und spülen Sie nach kurzer Einwirkzeit aus.

3 Frottieren Sie das Haar nicht, weil es dadurch verfilzt und die Schuppen aufgeraut werden. Trocknen Sie es stattdessen auf der kältesten Stufe des Föhns (zu heißes Trocknen ist die größte Sünde in der Haarpflege) und verwenden Sie eine wärmere Stufe beim Styling. Richten Sie den Luftstrahl zu den Spitzen hin aus und bewegen Sie den Föhn parallel zu den Bürstenstrichen. Schließen Sie jeden Abschnitt mit einem Stoß kalte Luft ab, um die Haarschuppen zu straffen.

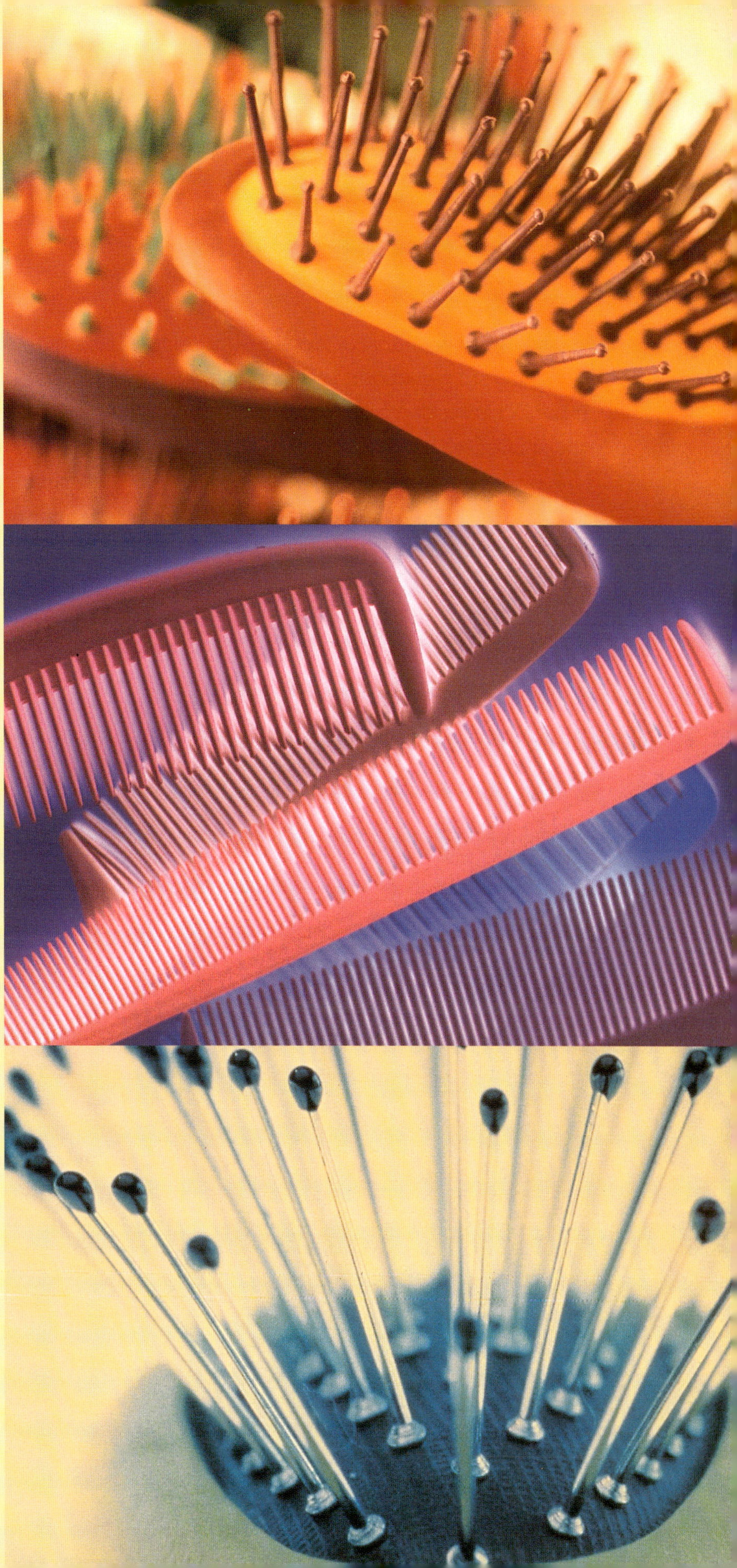

Geisteskraft stärken

Stress kann selbst den schärfsten Verstand abstumpfen. Er kann sogar das Gehirn schädigen und Ihnen die Kraft rauben. Dabei entsteht der größte Schaden durch das Stresshormon Cortisol, das in kleinen Mengen unbedenklich ist, aber im Übermaß und dauerhaft produziert so giftig ist, dass es Milliarden von Gehirnzellen abtöten kann! Das Gegenmittel sind Entspannungsphasen, die Ihnen neue geistige Energie verleihen. Führen Sie jede der folgenden Übungen mindestens einmal während des Wochenendes durch.

Ein neues Lebenskonzept

Steigern Sie Ihre Vitalität durch positive Argumente. Das unbewusste Denken folgt immer dem stärkeren von zwei Gedanken. Wenn Sie denken „Ich schaffe es nicht" oder „Ich bin zu müde, es zu schaffen", ist das oft auch die Realität, die Sie erzeugen. Schreiben Sie positive Gedanken nieder, wie zum Beispiel „Ich kann es schaffen", „Ich habe die Energie" und „Ich kann mein Leben nach meinen Vorstellungen steuern". Wiederholen Sie für Sich diese Gedanken regelmäßig.

Atmen und regenerieren

Atemübungen sind gut für die geistige Energie. Versuchen Sie den Feueratem, eine Yoga-Übung, die die innere Ruhe stärkt und die Nerven im Bauchraum stimuliert, indem sie den Ausstoß des Neurotransmitters Noradrenalin fördert. Atmen Sie schnell durch die Nase ein und aus, ohne dazwischen zu pausieren. Konzentrieren Sie sich darauf, dass die Brust entspannt bleibt und fühlen Sie, wie sich Ihr Zwerchfell auf und ab bewegt. Sie fühlen vielleicht einen leichten Schwindel, der aber harmlos ist. Der Feueratem löst entspannende Alpha-Wellen im Gehirn aus, erhöht den Sauerstoffgehalt des Blutes und steigert die geistige Vitalität.

Schauen Sie einen lustigen Film an

Nehmen Sie sich an diesem Wochenende Zeit für ein Video mit Ihrer Lieblingskomödie – dem Film, bei dem Sie garantiert herzhaft lachen können. Einige Experten bezeichnen das Lachen auch als „innerliches Aerobic". Ein herzhaftes Lachen hat die gleiche belebende Wirkung wie ein Besuch im Fitness-Studio. Es senkt den Blutdruck, löst Verspannungen, stärkt das Immunsystem und setzt Glückshormone frei. Es ist eine der angenehmsten und witzigsten Möglichkeiten, sich zu erfrischen und den Energiespeicher aufzufüllen.

Denksport

Wenn es Ihnen an mentaler Energie fehlt, brauchen Sie vermutlich einfach ein wenig geistiges Training. Lesen Sie einen neuen Roman oder lösen Sie ein Kreuzworträtsel – je mehr Sie Ihr Gehirn fordern, desto fitter wird es.

Hier sind einige Denksportaufgaben für neue mentale Energie:

- Stellen Sie binnen 30 Sekunden eine Liste von 20 Wörtern auf, die mit „B" beginnen.
- Finden Sie innerhalb von 30 Sekunden die Gegensätze zu folgenden Wörtern: massiv, schwach, nächstes, versagen, fett, glücklich, lebhaft, kritisch, offen, unbeholfen.
- Finden Sie in 60 Sekunden ein Wort, das das Gleiche bedeutet wie die folgenden Wörter: geschwätzig, abschließen, Buch, sauber, Schiff, Wohlstand, streiten, Unklarheit, Gewohnheit.
- Lesen Sie die folgenden Wörter zweimal: Sonne, Vitamin, Tisch, Orange, Bleistift, Pferd, Frucht, Freude. Schließen Sie nun die Augen, sagen Sie das Alphabet rückwärts auf und versuchen Sie dann, die Wörter wieder in der richtigen Reihenfolge aufzusagen.

Energie-Bewegungen

Energie fließt am stärksten, wenn Sie entspannt sind und Geist, Körper und Seele in Einklang stehen. Die uralte Technik des Tai Chi fördert den Fluss der Energie (des Chi) im Körper. Diese Bewegung aus der Yang-Form des Tai Chi wird „Wolkenhände" genannt.

Führen Sie jede Bewegung langsam aus, um Ihre Technik zu perfektionieren. Wenn Sie die Bewegungsabläufe gemeistert haben, beschleunigen Sie den Ablauf etwas und konzentrieren sich auf Ihre Atmung. Wenden Sie nur wenig Muskelkraft auf, da Anspannung den Fluss des Chi behindert. Führen Sie die Übung regelmäßig morgens oder abends aus.

1 Stehen Sie mit schulterbreit gespreizten Beinen. Der Schwerpunkt liegt in der Mitte.

Körper: Halten Sie sich entspannt und aufrecht.
Rechter Arm: Bringen Sie den Unterarm in Hüfthöhe vor den Körper.
Rechtes Handgelenk: Beugen Sie das Gelenk leicht durch.
Rechte Hand: Die Handfläche weist zum Boden.
Linke Hand: Die Handfläche weist zu Ihnen.
Linker Arm: Der Arm ist erhoben.
Knie: Die Knie sind leicht gebeugt.

2 Verlagern Sie das Gewicht auf das linke Bein und drehen Sie den Oberkörper aus der Hüfte nach links.

Kopf: Halten Sie die Nase in einer Linie mit dem Solarplexus und dem Schritt.
Schultern: Die Schultern sind entspannt.
Rechte Hand: Die Handfläche weist zum Boden.
Linke Hand: Die Handfläche weist zu Ihnen.
Knie: Die Knie sind leicht gebeugt.

3 Verlagern Sie das Gewicht auf das rechte Bein und drehen Sie den Oberkörper aus der Hüfte nach rechts. Senken Sie gleichzeitig den linken Unterarm auf Hüfthöhe und heben Sie den rechten Arm auf Schulterhöhe. Drehen Sie dabei die rechte Handfläche zu sich und die linke zum Boden. Die Hand sollte auf Brusthöhe liegen. Die Augen sollen immer der oberen Hand folgen.

Rechter Arm: Der Arm ist erhoben.
Rechte Hand: Die Handfläche weist zu Ihnen.
Schultern: Die Schultern sind entspannt.
Linker Arm: Der Arm liegt auf Hüfthöhe.
Linke Hand: Die Handfläche weist zum Boden.
Knie: Die Knie sind leicht gebeugt.

KAPITEL 4

Entspannungs *Programm*

Geist und Körper in Ruhe aufbauen

Entspannen kann man nicht nur im Liegen. Schlaf, richtige Ernährung, einfache Entspannungsübungen und Meditation helfen, das innere Gleichgewicht wiederherzustellen. Auch ein wenig Verwöhnung kann Ihnen neues Selbstvertrauen und Energie geben. Wenn Sie sich in letzter Zeit etwas vernachlässigt haben und nun den ermatteten Verstand und Körper ausruhen möchten, lesen Sie weiter.

ENTSPANNUNG DURCH ESSEN

Bestimmte Nahrungsmittel helfen beim Entspannen. Kohlenhydratreiche Speisen sind perfekt zum Beruhigen und Ernähren des Körpers geeignet. Essen Sie an Ihrem Entspannungswochenende kleine, regelmäßige Mahlzeiten, die leicht zuzubereiten und schmackhaft sind. Die regelmäßige Einnahme von Kohlenhydraten kann bei gleichzeitiger Einschränkung von Stimulanzien wie Koffein sehr zur Beruhigung beitragen.

Wählen Sie entspannende Speisen

- Kohlenhydratreiche Speisen beruhigen und heben durch die Ausschüttung des Neurotransmitters Serotonin die Stimmung.
- Vitamin B_6 ist für die Serotonin-Produktion wichtig und findet sich in rotem Fleisch, Fisch, Geflügel, Kartoffeln, Nüssen, Bananen, Vollkornbrot, Cerealien und Gemüse.
- Magnesium, Folsäure und Vitamin B_{12} sind wichtig für die Produktion von Dopamin, einem weiteren für die Stimmung zuständigen Botenstoff. B_{12} findet sich in allen tierischen Produkten sowie in angereicherten Frühstückscerealien und Hefeextrakten (die auch Folsäure liefern). Magnesium und Folsäure kommen in Gringemüse, Nüssen, Hülsenfrüchten, Kartoffeln und Vollkornbrot vor.
- Wenn Sie regelmäßig koffeinhaltige Getränke trinken, senken Sie den Verbrauch, statt ihn abrupt zu beenden, da ein plötzlicher Entzug des Stimulans Kopfschmerzen und Reizbarkeit verursachen kann! Wechseln Sie lieber mit Kräuter- und Früchtetees ab.

SPEISEN FÜR OPTIMALE ENTSPANNUNG

Samstag

Frühstück: Angereicherte Frühstückscerealien mit Milch; Banane
Snack: Vollkorngebäck
Mittagessen: Weizenschrotbrötchen mit Schinken, Huhn oder Fisch mit einem grünen Salat
Snack: Trockenobst und Nüsse
Abendessen: Gebratenes Hühnchen mit Süß- und Feldkartoffeln, Brokkoli, grüne Bohnen
Snack: Reispudding mit Zimt und Rosinen oder eine leichte Mousse au chocolat

Sonntag

Frühstück: Zimt-Rosinen-Bagel mit fettarmem Frischkäse; Orangensaft
Snack: Banane
Mittagessen: Folienkartoffel mit Ihrer Lieblingsfüllung; gemischter grüner Salat
Snack: Kleines Fladenbrot mit Hummus
Abendessen: Im Wok gebratenes Rindfleisch mit grüner und roter Paprika und Schwarze-Bohnen-Sauce; gekochter Reis
Snack: Ananas brûlée (Eine Ramequin-Form halb mit frischer oder Dosen-Ananas füllen, mit Quark und einem Tropfen Vanillearoma bedecken; mit 1 EL braunem Zucker bestreuen und grillen, bis der Zucker Blasen wirft. Vor dem Essen kalt stellen.)

Entspannen mit Yoga

Das beste Rezept bei Erschöpfung sind sanfte Übungen für Geist und Körper. Yoga ist hier hervorragend geeignet. Es ist sanft, leicht durchzuführen und trainiert selbst dann, wenn es der einzige Sport ist, den Sie ausüben.

Yoga ist die perfekte Methode, den Körper zu straffen, während es gleichzeitig den Geist beruhigt. Dabei ist von außen gar nicht viel zu sehen, da es sich um einen inneren Prozess handelt. Wenn Sie noch nie Yoga gemacht haben, lassen Sie sich nicht davon abschrecken, dass es am Anfang schwierig ist.

Der Schlüssel zur Wirkung von Yoga ist die spezielle Atmung. Yoga zeigt Ihnen, wie Sie durch die Nase und mit Ihrem Zwerchfell atmen, so dass sich die Lungen optimal füllen und zusätzlicher Sauerstoff in den Blutkreislauf gelangt. Das Atmen ist ein natürliches Beruhigungsmittel. Für eine tiefe Entspannung reichen schon fünf Minuten aus.

Yoga-Experten sagen, dass die Qualität des Atmens sogar noch wichtiger ist als die Quantität der Bewegung. Mit sanften, ruhigen, weichen und fließenden Bewegungen füllen Sie Ihren Geist mit klarer Wachheit. Manche Menschen halten bei schwierigen Bewegungen den Atem an, aber das ist völlig falsch. Lassen Sie die Atemluft frei strömen. Atmen Sie aus und Sie werden feststellen, dass Sie viel tiefer in die Position gelangen.

Power Yoga

Yoga kann Ihnen auch Kraft verleihen, das Herz-Kreislauf-System stärken und die Kondition steigern. Das zunehmend beliebte Astanga Yoga (auch Power oder dynamisches Yoga genannt) basiert auf den gleichen Atemtechniken wie die übrigen Formen, aber die Bewegungen sind fast athletisch schnell und werden ohne Unterbrechung ausgeführt. Seine Anhänger behaupten, es sei effektiver als Übungen mit Gewichten und genau so gut für das Herz wie Laufen. Es soll sich sogar zum Body Styling eignen.

An diesem Wochenende beginnen Sie mit einer einfachen, sanften Yoga-Einheit von 10 Minuten. Später versuchen Sie diese Übung jeden Tag durchzuführen. Sie werden fühlen, wie sich der Stress löst, der Körper entspannt und die Energie zunimmt.

Bevor Sie beginnen

- Tragen Sie bequeme,lose Kleidung und suchen Sie sich einen Ort, an dem Sie nicht gestört werden. Sie können auch entspannende Musik auflegen.

- Beginnen Sie jede Stellung mit geschlossenen Füßen und an den Seiten herabhängenden Armen.

- Führen Sie alle Bewegungen in der beschriebenen Reihenfolge und gleichmäßig und flüssig aus. Denken Sie immer daran, Hüfte und Beine gerade zu halten und die Wirbelsäule zu strecken.

- Vergessen Sie nicht das Atmen. Konzentrieren Sie sich immer auf Ihren Atem und versuchen Sie, wirkliche Ruhe und Stille in Ihren Geist zu bringen.

Die Übungen beginnen auf der nächsten Seite.

Die ultimative Streckung

Für: Gleichgewicht, Fokus, Ausdauer und Flexibilität

1 Heben Sie das rechte Bein nach hinten an und halten Sie den Fuß.

2 Strecken Sie die Zehen und heben den linken Arm dicht neben dem Kopf nach oben. Halten Sie die Position für 3–5 Sekunden und atmen Sie ein und aus, bis Sie fühlen, dass Sie im Gleichgewicht stehen.

3 Ziehen Sie Ihr rechtes Bein langsam so weit wie möglich nach oben. Verlagern Sie das Gewicht nach vorne und strecken Sie den linken Arm nach vorne. Halten Sie die Position so lange, wie es bequem ist. Wiederholen Sie die Übung auf dem anderen Bein.

Der Energiespender

Für: Rückenstreckung und bessere Atemkontrolle

1 Stehen Sie mit etwas mehr als schulterbreit gespreizten Beinen. Lassen Sie die Arme vor dem Körper herabhängen, die Hände liegen auf den Oberschenkeln. Atmen Sie tief ein, beugen Sie sich nach hinten und strecken Sie die Arme dabei über den Kopf. Schieben Sie die Hüfte so weit nach vorne, wie Sie können, und beugen Sie sich so weit nach hinten, wie es für Sie bequem ist. Zählen Sie in dieser Haltung langsam bis drei, ohne auszuatmen.

2 Atmen Sie aus, bringen Sie dabei den Oberkörper aus dem Steißbein heraus so weit nach vorne, dass Ihre Handflächen den Boden berühren. Wenn Sie den Boden nicht erreichen, beugen Sie die Knie. Halten Sie die Position und atmen Sie 5–7 Sekunden lang aus.

3 Atmen Sie ein und richten Sie sich langsam wieder auf. Wiederholen Sie die Übung fünfmal.

Der Stresslöser

Für: Lösung von Spannungen in Rücken, Nacken und Schultern

1 Knien Sie mit hüftbreit gespreizten Beinen und aufrechtem Rücken. Halten Sie die Hände leicht hinter dem Rücken verschränkt. Atmen Sie tief ein und aus. Hüfte nach vorne schieben.

2 Umfassen Sie Ihre Fersen. Wenn Sie sie nicht erreichen, halten Sie die Hände weiter verschränkt. Lassen Sie Kopf und Nacken entspannt zu einem Bogen nach hinten sinken. Halten Sie die Position für 5–7 Sekunden und atmen Sie tief ein und aus.

3 Setzen Sie sich langsam auf Ihre Fersen. Beugen Sie den Körper nach vorne, bis die Stirn den Boden berührt. 5–7 Sekunden so bleiben. Wiederholen Sie die Übung einmal.

Tiefenentspannung

Für: Entspannung jedes Muskels im Körper

1 Sitzen Sie mit geschlossenen Knien und dem Gesäß zwischen den Füßen. Legen Sie die Hände auf die Füße. Lassen Sie den Körper nach hinten auf die Ellenbogen sinken.

2 Wenn sich die Position bequem anfühlt, lassen Sie den Körper ganz nach hinten sinken und legen Sie die verschränken Unterarme ab. Wenn sich die Haltung unbequem anfühlt, legen Sie ein Kissen unter den Rücken. Atmen Sie tief ein und aus und konzentrieren Sie sich fünf Minuten lang auf Ihre Atmung.

3 Kehren Sie langsam in die Senkrechte zurück, indem Sie zunächst die Brust nach vorne schieben, sich wieder auf die Ellenbogen stützen und dann mit den Bauchmuskeln nach oben ziehen. Führen Sie die Übung nur einmal durch.

Waschen Sie Ihre Sorgen ab

Die Badewanne ist der ideale Ort, um Ihre Sorgen loszuwerden, da das Ritual des Badens viel mehr umfasst als nur die äußerliche Reinigung. Ein Bad ist die Gelegenheit zum Nachdenken, Entspannen und Tagträumen. Die Wanne kann zum Ort der Verjüngung, Entspannung und Verschönerung werden. Sie brauchen nur die richtigen Zutaten und ein wenig Zeit. Sie können Ihr Bad mit einer gründlichen Gesichtspflege einleiten (siehe S. 31) oder einfach eine Gesichtsmaske auflegen und in die Wanne steigen.

Die richtige Atmosphäre

Räumen Sie das Badezimmer auf, stellen Sie sich einen CD-Player bereit, zünden Sie Duftkerzen an. Sie sollen sich bei Ihrem Bad richtig wohl fühlen. Verwenden Sie Schaumzusätze, Badeöle, Rosenblätter … was Ihnen so einfällt.

Stellen Sie Ihre eigene Mischung an ätherischen Ölen für die Duftlampe zusammen. Geben Sie 15–20 Tropfen Öl in eine 100-ml-Flasche Wasser und füllen Sie die Schale mit der Mischung auf (schütteln Sie die Flasche vorher). Unverdünnt reichen drei oder vier Tropfen für gewöhnlich aus.

Badeöle: Geben Sie fünf oder sechs Tropfen ätherisches Öl in Milch oder Wodka (beide dienen als Trägerflüssigkeit) und verteilen Sie die Mischung im Badewasser. Das Wasser darf nicht zu heiß sein, damit das Öl nicht verdampft. Beschränken Sie die Zeit im Wasser auf 20 Minuten, da sonst Ihre Haut schrumpelig wird.

Entspannen Sie sich und genießen Sie das Aroma. Wenn Sie unter trockener Haut leiden, verdünnen Sie das ätherische Öl in einem Feuchtigkeit spendenden Trägeröl wie Mandel- oder Traubenkernöl.

Tiefe Atmung

Entspannen Sie den Körper und atmen Sie tief und langsam durch die Nase, während Sie baden. Konzentrieren Sie sich auf die Bewegung Ihres Zwerchfells. Als Richtwert sollten Sie vier Sekunden lang ein- und vier Sekunden lang ausatmen. Dann sollten Sie jeden Muskel im Körper locker lassen. Versuchen Sie, Verspannungen zu finden, spannen Sie die Muskeln an dieser Stelle bis zur Unerträglichkeit an und lassen Sie dann locker.

Entspannende Aromatherapieöle

Bestimmte Öle aus der Aromatherapie helfen bei der Entspannung. Die Düfte beeinflussen Ihre geistige Haltung, weil das Riechzentrum im Gehirn eng mit den für Emotionen, Intuition und Kreativität zuständigen Bereichen verbunden ist. Mischen Sie die Öle zu gleichen Teilen.

Zur Entspannung:

- Zypresse, Wacholder und Kiefer
- Bergamotte, Grapefruit, Zitrone, Limette, Mandarine und Orange
- Muskatellersalbei, Geranium, Lavendel, Orangenblüten und Petitgrain

Für gesunden Schlaf:

- Kamille, Muskatellersalbei, Lavendel
- Weihrauch, Patschuli, Vetiveria oder Sandelholz
- Orangenblüten, Rose, Ylang Ylang

Für das entspannende Bad:

- Bergamotte (antiseptisch, die Stimmung hebend)
- Muskatellersalbei (antiseptisch, beruhigend, ausgleichend)
- Zypresse (antiseptisch, ausgleichend, tonisierend)
- Weihrauch (antiseptisch, ausgleichend, tonisierend)
- Lavendel (beruhigend, vitalisierend)
- Mandarine (entspannend)
- Myrrhe (antiseptisch, entspannend, beruhigend)
- Römische Kamille (antiseptisch)
- Majoran (antiseptisch, entspannend, wärmend, tonisierend)
- Ylang Ylang (beruhigend, ausgleichend, lindernd)

(Verwenden Sie ätherische Öle niemals bei Kindern oder in der Schwangerschaft, ohne zuerst einen qualifizierten Aromatherapeuten zu konsultieren!)

Akupressur

Die Akupressur ist eine einfach anzuwendende Therapie, die den Körper kräftigt und den Geist entspannt und revitalisiert. Sie beruht auf der Annahme, dass jeder Mensch eine Lebensenergie besitzt, die durch bekannte Kanäle, die Meridiane, fließt, die mit bestimmten Organen und Körpersystemen korrelieren. Wenn dieser Energiefluss z. B. durch Stress unterbrochen wird, entsteht ein inneres Ungleichgewicht, das sich im Äußeren zeigt. Durch die Stimulation der Akupressurpunkte kann die natürliche Harmonie des Körpers wiederhergestellt werden.

BEVOR SIE BEGINNEN

Die Akupressur ist sehr sicher. Selbst, wenn Sie Schwierigkeiten haben, den Akupressurpunkt zu finden, und an der falschen Stelle drücken, können Sie sich nicht schaden. Beachten Sie aber trotzdem folgende Hinweise:

- Vermeiden Sie Akupressur bei offenen Wunden, Krampfadern, Hämatomen, rissiger oder entzündeter Haut
- Meiden Sie in der Schwangerschaft folgende Punkte: Dickdarm 4, Blase 60
- Meiden Sie die Akupressur unter Alkohol- und Drogeneinfluss

Wie soll man drücken?

- Wenn Sie den richtigen Punkt gefunden haben, spüren Sie unter Umständen einen sanften Schmerz. Manchmal ist es auch wirkungsvoller, Fingerspitze oder Daumen im Winkel auf den Punkt zu drücken.
- Üben Sie für eine Sekunde kräftigen Druck auf den Akupressurpunkt aus und lassen Sie dann los. Drücken Sie eine Minute lang in Intervallen auf die Stelle.
- Drücken Sie nicht länger auf die Punkte, da sich die Nerven sonst zu stark an den Reiz gewöhnen.

Akupressur für das Entspannungswochenende

Für emotionale Ausgeglichenheit:

Name des Punkts? Extrapunkt 6

Wo liegt er? Zwei Finger breit links und rechts von LG 20 (siehe S. 70), der in der Mitte des Schädeldachs liegt. Üben Sie Druck mit Zeige- und Mittelfinger beider Hände aus.

Was bewirkt er? Gleicht Geist und Emotionen aus. Löst Anspannung und Schlaflosigkeit. Kann jederzeit verwendet werden.

Für allgemeines Wohlbefinden:

Name des Punkts? Blase 60 (BL 60)

Wo liegt er? Auf der Außenseite des Fußgelenks, in der Senke zwischen Knöchelgelenk und Achillessehne. Drücken Sie mit dem Zeigefinger (meiden Sie den Punkt in der Schwangerschaft).

Was bewirkt er? Stärkt die Immunabwehr und die Funktion des Harntrakts. Erhöht die Beweglichkeit und lindert Schmerzen und Schwellungen in Beinen, Fußgelenken und Füßen.

Fortsetzung auf der nächsten Seite

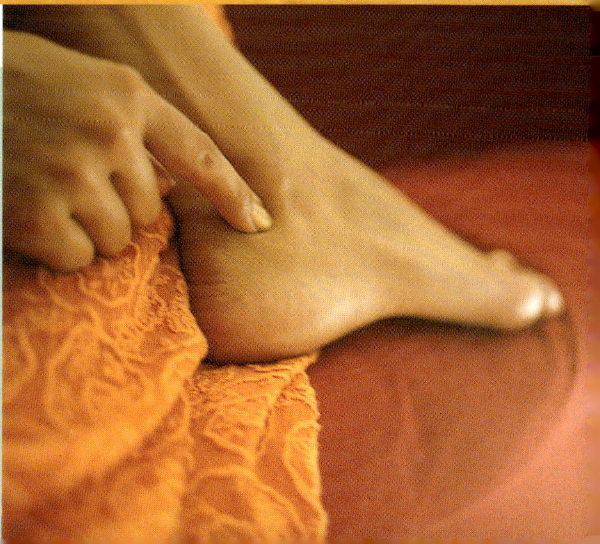

Für besseren Nachtschlaf:

Name des Punkts? Herz 7 (HE 7)
Wo liegt er? Ziehen Sie bei nach oben weisender Handfläche eine gedachte Linie zwischen Ring- und kleinem Finger bis zum Handgelenk. HE 7 liegt an der Kreuzung dieser Linie mit der Handwurzelfalte. Stützen Sie das Gelenk mit der anderen Hand und drücken Sie mit dem Daumen.
Was bewirkt er? Löst Anspannung und Schlaflosigkeit. Hilfreich, um mit dem Rauchen aufzuhören.

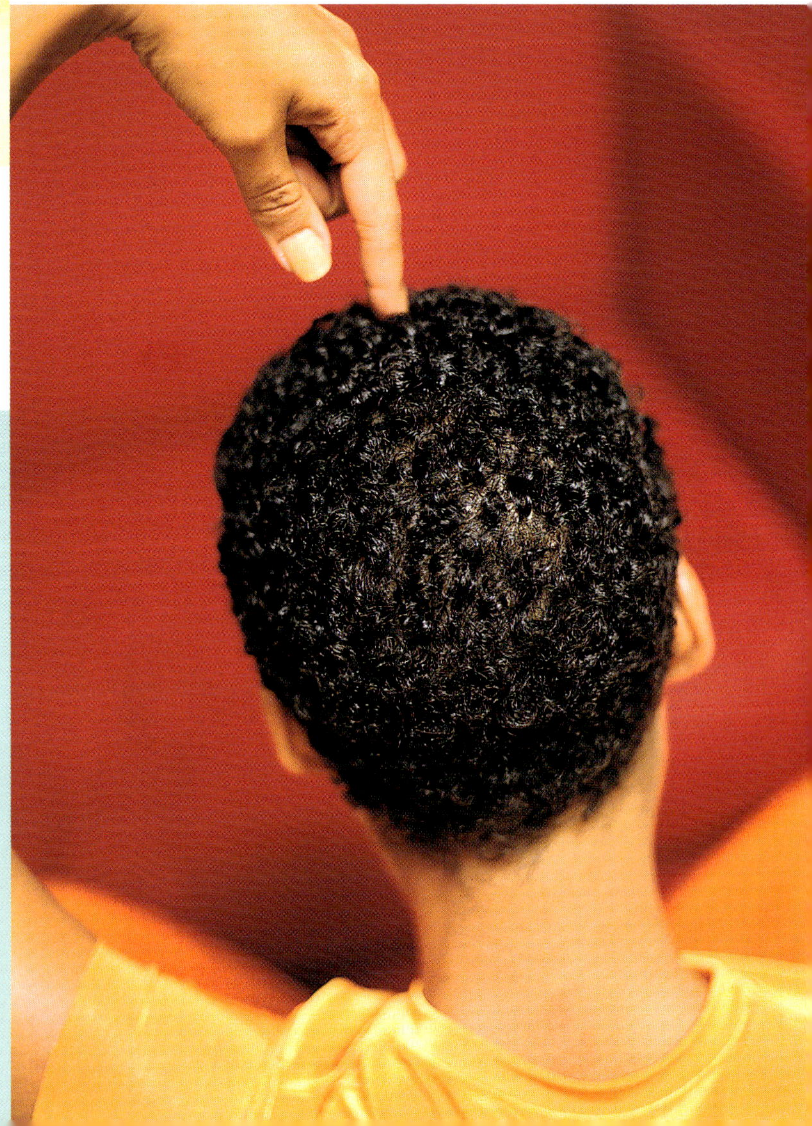

Für klares Denken:

Name des Punkts? Lenkergefäß 20 (LG 20)
Wo liegt er? In der Mitte des Schädeldachs, halbwegs zwischen den Ohren. Drücken Sie mit dem Zeigefinger.
Was bewirkt er? Dies ist der wirkungsvollste Beruhigungspunkt des Körpers. Er gleicht die Emotionen aus, schärft den Verstand und verbessert Gedächtnis und Konzentration. Er reguliert auch sehr effizient den Blutdruck und erhöht das allgemeine Energieniveau.

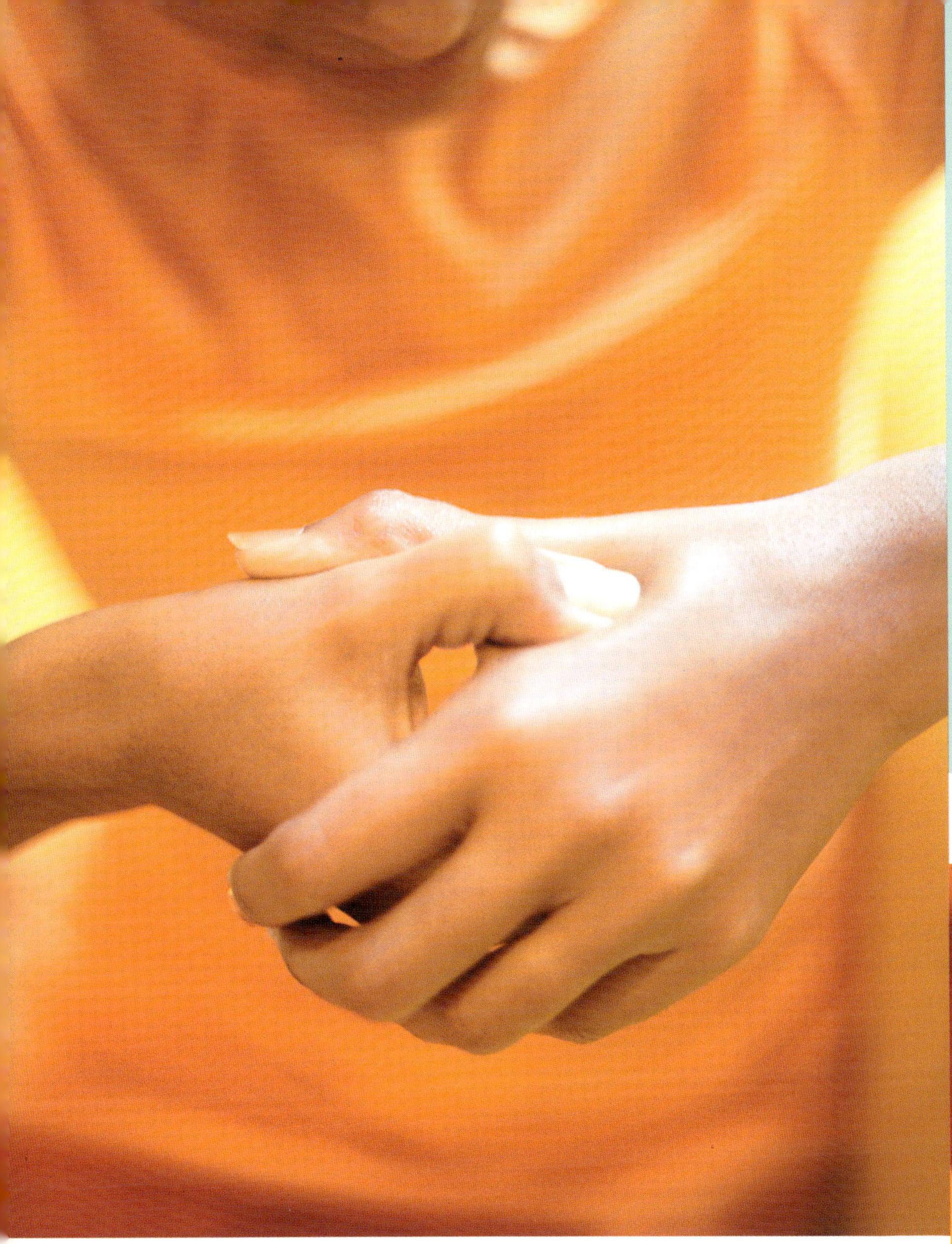

Für Ruhe ohne Kopfschmerzen:

Name des Punkts? Dickdarm 4 (DI 4)

Wo liegt er? In der Mitte des Muskels, der anschwillt, wenn man Daumen und Zeigefinger zusammenpresst. Drücken Sie mit dem Daumen (meiden Sie den Punkt in der Schwangerschaft).

Was bewirkt er? Wird manchmal als „Aspirinpunkt" bezeichnet und wirkt auf Probleme im Stirnbereich, Gesicht (inklusive der Sinnesorgane) und des Nackens. Beruhigt den Geist, entspannt den Oberkörper und löst Spannungen in Nacken, Schultern, Armen und Händen. Stärkt die Gehirntätigkeit. Reguliert die Funktion des Dünndarms. Fördert die Ausscheidung von Giftstoffen.

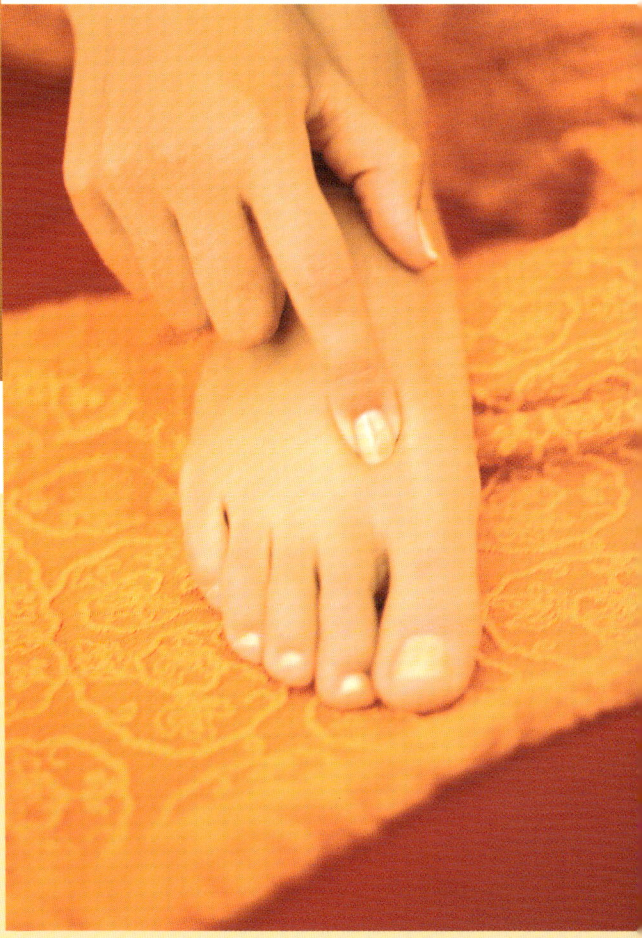

Für eine positivere Einstellung:

Name des Punkts? Leber 3 (LE 3)

Wo liegt er? Auf der Oberseite des Fußes, etwa zwei Daumen breit hinter der Verbindung zwischen der großen und der zweiten Zehe. Drücken Sie mit dem Zeigefinger in den Zwischenraum zwischen den Knochen.

Was bewirkt er? Verbessert die Leberfunktion, stärkt die Immunabwehr und mindert die Reizbarkeit. Bekämpft Depressionen. Lindert die Wirkung von Stress und Giftstoffen auf den Körper und reguliert den Blutdruck. Kräftigt die Durchblutung der Beine, löst Krämpfe und hilft vorbeugend gegen Krampfadern.

Wunderbarer Schönheitsschlaf

Wollen Sie sich so richtig entspannt fühlen und aussehen? Es gibt kein besseres Mittel für neue Vitalität als Schlaf. Das Problem ist nur, dass wir manchmal nicht einschlafen können. Dieses Wochenende lernen sie, wie Schlafgewohnheiten und Ihr Schlafzimmer selbst Ihren Schlaf fördern.

Leitfaden zu erholsamem Schlaf

● ***Schaffen Sie das perfekte Schlafzimmer***
Ihr Schlafzimmer sollte angenehm temperiert sein (nicht zu warm, nicht zu kalt), dunkel, ruhig und frei von allen Hinweisen auf Arbeit. Sie sollten im Bett weder fernsehen noch essen. Ihr Bett dient ausschließlich dem Schlaf.

● ***Regulieren Sie Ihren Tag- und Nachtrhythmus***
Stehen Sie jeden Morgen zur selben Zeit auf, bis Ihr natürlicher Rhythmus wieder hergestellt ist. Bleiben Sie auch dann nicht länger liegen, wenn Sie schlecht geschlafen haben. Sie werden sich nicht erholt fühlen, wenn Sie sich zwingen, am Wochenende bis Mittag im Bett zu bleiben, da das Tageslicht Ihrem Gehirn signalisiert, dass es Zeit zum Aufstehen ist. Zuständig für diesen Tag- und Nachtrhythmus ist die Prokuktion des Hormons Melatonin.

● ***Schlafen Sie nicht zu lang***
Der Schlaf besteht aus 90-minütigen Leicht- und Tiefschlafphasen. Nach einem guten Nachtschlaf wacht Ihr Körper für gewöhnlich gegen Ende einer solchen 90-Minuten-Phase von selbst auf. Wenn Sie länger schlafen, riskieren Sie, inmitten eines Schlafzyklus aufzuwachen, was das Wachwerden meist erschwert. Sie fühlen sich erschöpft und desorientiert.

● ***Meiden Sie schwere Speisen am Abend***
Gehen Sie nicht direkt nach einer schweren Mahlzeit (warten Sie zwei Stunden) oder mit leerem Magen (nehmen Sie einen leichten Snack wie Cerealien oder ein Milchgetränk zu sich) ins Bett.

● ***Versuchen Sie eine andere Schlafhaltung***
Die Chinesen glauben, dass man auf der rechten Seite liegend mit leicht angezogenen Beinen und dem rechten Arm vor dem Kissen schlafen sollte, damit das Blut frei zirkulieren kann.

● ***Verwenden Sie Lavendelöl***
Lavendel ist ein althergebrachtes Mittel gegen Schlaflosigkeit und Studien haben gezeigt, dass ätherisches Lavendelöl das Gehirn beruhigt. Geben Sie einige Tropfen aufs Kissen.

● ***Essen Sie Blattsalat***
Wahrscheinlich sind die natürlichen, Schlaf fördernden Eigenschaften von Blattsalat dafür verantwortlich, dass Hausschildkröten, die hauptsächlich mit Salat gefüttert werden, so viel schlafen. Blattsalat enthält Tryptophan, das die Produktion des beruhigenden Hormons Serotonin fördert.

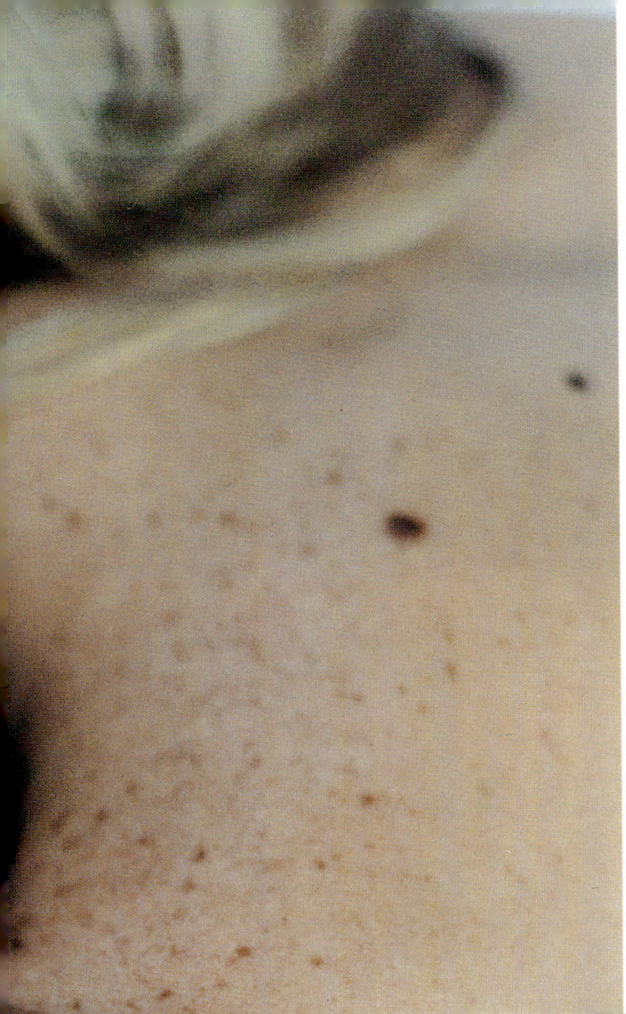

Massage vorm Schlafen

Im Schlaf verdoppelt sich die Zellerneuerung und es setzt eine allgemeine Verjüngung ein. Außerdem entspannt ein gesunder Nachtschlaf Ihre Gesichtsmuskeln, so dass Falten, Tränensäcke und Schatten morgens beinahe verschwunden sind. Versuchen Sie während Ihres Entspannungswochenendes folgende abendliche Übung, um den Schlaf zu fördern, den Feuchtigkeitsgehalt der Haut zu steigern und die müde, gestresste Haut zu beruhigen.

1 Nehmen Sie ein warmes Bad mit entspannenden Ölen. (Damit sich Ihre Haut erholen kann, muss der ganze Körper locker sein.)

2 Führen Sie die „Bauchatmung" durch (lange, langsame und tiefe Atemzüge, die die Lungen vollständig füllen), um Ihren Geist zu entspannen.

3 Gönnen Sie sich eine 5-minütige Druckpunktmassage mit einem sanften Gesichtsöl. Führen Sie die Spitzen Ihrer Mittelfinger in kleinen, kreisenden Bewegungen über Ihr drittes Auge (die Stelle zwischen Ihren Augen und über dem Nasenrücken), die Schläfen, die Falten neben den Nasenflügeln, das Grübchen am Kinn, die Mundwinkel und wieder hinauf zu den Schläfen. Wiederholen Sie dies dreimal, jedes Mal mit etwas mehr Druck.

KAPITEL 5

Verwöhn Programm

Schönheit – Dekadenz – Luxus

Das sind die Zutaten des Verwöhnprogramms, an dem Sie sich erfreuen sollen, wenn Sie sich danach sehnen – oder es sich verdient haben. An diesem Wochenende ist purer Hedonismus angesagt, ein Fest für die Sinne. Wenn Sie etwas für Ihre Fitness und Ihr Aussehen tun möchten, integrieren Sie nach Lust und Laune Körperpflege und Trainingseinheiten in Ihr Wochenend-Programm. Oder essen, trinken und faulenzen Sie einfach nach Herzenslust und unterbrechen Sie die pure Entspannung nur, um sich einmal so recht herauszuputzen.

Ein epikureisches Wochenende

Das ist Ihr Wochenende. Geben Sie sich allen süßen Genüssen hin. Es geht jedoch nicht darum, im Übermaß zu schlemmen, sondern darum, Ihre Lieblingsspeisen einmal mit allen Sinnen zu erfassen, zu fühlen, zu riechen und zu schmecken. Auch ohne viel Fett lässt es sich herzhaft schlemmen. Denken Sie nur an frische, delikate Meeresfrüchte, Pistazien, ein prickelndes Glas Champagner, ein Stückchen feinster Schokolade, frische Nudeln oder sonnengereifte Tomaten. Verwöhnen Sie sich an diesem Wochenende.

Verwöhnspeisen

- Erstellen Sie vor dem Wochenende eine Liste all der Dinge, die Sie wirklich gerne mögen. Achten Sie sowohl auf Geschmack, Konsistenz und Aroma als auch auf Ihr persönliches Essvergnügen und auf Qualität statt Quantität.
- Behalten Sie bei der Wahl der Lebensmittel Ihre ausgewogene Ernährung im Auge und wählen Sie z. B. Meeresfrüchte oder Fleisch, frisches Krustenbrot, frische gefüllte Nudeln, nussigen Wildreis, Ziegenkäse, Strauchtomaten, Basilikum, Olivenöl, Litschis, frische Feigen, Schokolade und Champagner.
- Essen Sie nur, wenn Sie wirklich hungrig sind, und hören Sie auf, sobald Sie satt sind. Versuchen Sie auch nach diesem Wochenende der Philosophie „Genuss zur wohltuenden Sättigung“ zu folgen.

Sündig, aber sinnlich

Mit geschickt zusammengestellten Zutaten lassen sich einige klassische Kalorienbomben in fettarme, gesunde oder zumindest halbwegs ausgewogene Verführungen verwandeln.

Fruchtcocktail brûlée

Ergibt 2 Portionen

Pro Portion enthält der Fruchtcocktail nur 168 Kalorien und nur 0,16 % Fett, bietet dafür aber reichlich Kalium, Vitamin A und Vitamin C sowie Kalzium und Faserstoffe.

50 g frische reife Erdbeeren
40 g frische Himbeeren
25 g Zucker
1 kleiner reifer, aber fester Pfirsich
1 kleine reife Mango
1 TL Kirschwasser (nach Wunsch)
175 g fettarmer Quark (0,1 % Fett)

1 Die Erdbeeren waschen, abtropfen, putzen, vierteln und in eine Schüssel geben. Die Himbeeren hinzufügen, mit 5 g Zucker bestreuen, gut vermischen und auf die Seite stellen.

2 Den Pfirsich halbieren, entsteinen, in eine kleine Schüssel geben, mit kochendem Wasser bedecken und 1 Minute stehen lassen. Den Pfirsich häuten, in Spalten schneiden und zur Beerenmischung geben.

3 Die Mango halbieren, das Fruchtfleisch beider Hälften mehrfach kreuzförmig einschneiden und nach außen stülpen. Die Mangowürfel von der Schale lösen und zu den anderen Früchten geben. Die Früchte mit Kirschwasser (falls etwas Alkohol gewünscht ist) vorsichtig vermengen.

4 Den Fruchtcocktail auf zwei Ramequin-Förmchen (200 ml) oder andere feuerfeste Formen verteilen, den Quark darauf geben und glatt streichen.

5 Die beiden Fruchtcocktails mit dem restlichen Zucker bestreuen und den Zucker mithilfe einer Lötlampe karamellisieren. Alternativ den restlichen Zucker mit 1 TL Wasser in einen kleinen Topf geben und bei mittlerer Hitze unter ständigem Rühren erhitzen, bis der Zucker gelöst ist. Den Zuckersirup kurz aufkochen lassen, bis er leicht gebräunt ist, und die Karamellmasse sofort auf die beiden Fruchtcocktails verteilen. Bis zum Servieren kalt stellen.

Erdbeeren in Rotwein

Das Rezept ergibt 2 Portionen. Essen Sie eine sofort und heben Sie die zweite für später auf.

Die Nachspeise enthält kein Fett, sie ist aber ein exzellenter Vitamin-C-Lieferant.

250 g frische reife Erdbeeren, gewaschen, abgetropft, geputzt
dünn abgezogene Zesten von 1/4 Orange
20 g feiner Rohrzucker, aus dem Reformhaus
125 ml Cabernet Sauvignon
einige Orangenzesten, zum Garnieren (auf Wunsch)

1 Die Erdbeeren in eine Schüssel geben (kleine als ganze Frucht, größere halbiert) und die Orangenzesten hinzufügen. Zucker und Rotwein dazugeben und vorsichtig vermengen. Abdecken und bei Zimmertemperatur 20–30 Minuten ziehen lassen, dabei gelegentlich vermengen.

2 Die Mischung auf 2 Weingläser verteilen, mit den restlichen Orangenzesten garnieren und genießen. Nach dem genüsslichen Verzehr der Erdbeeren können Sie den Wein mit herrlichem Erdbeeraroma direkt aus dem Glas trinken.

1,2,3

Tanzen Sie sich frei!

Bei wenigen Dingen kann man so aus sich herausgehen, wie beim Tanzen. Zudem verbrennt man beim Tanzen viele Kalorien, je nach Intensität bis zu sechs Kalorien in der Minute. Wenn Sie mit einem Partner Walzer oder Rumba tanzen, können Sie bis zu 420 Kalorien in einer Stunde verbrennen. Alleine und in den eigenen vier Wänden tanzen ist aber auch eine gute Methode, Stress abzubauen und seinen Gefühlen Ausdruck zu verleihen. Schließen Sie also an diesem Wochenende die Tür, legen Sie eine CD ein und tanzen Sie sich so richtig frei.

Von Kopf bis Fuß

Kleine Mädchen lieben das Verkleiden, Frisieren und Schminken. Aber auch „große Mädchen" putzen sich gerne heraus und genießen den Effekt, mit sich zufrieden zu sein und Blicke auf sich zu ziehen. Schenken Sie sich also ein Glas Champagner ein, holen Sie all Ihre Cremes und Tinkturen aus dem Schrank, reinigen Sie Ihre Pinsel, Schwämmchen und Bürsten und gönnen Sie sich eine komplette Pflege von Kopf bis Fuß.

Schönes Haar

Gönnen Sie sich ein Haarprogramm wie beim Profi, inklusive Vorwäsche und Kopfhautmassage. Freuen Sie sich auf strahlend schönes Haar.

1 Massieren Sie 1 Teelöffel Haarpflegeöl (alternativ Mandel- oder Olivenöl) mit den Fingerspitzen in langsam kreisenden Bewegungen in die Kopfhaut. Arbeiten Sie dabei von der Stirn bis zum Haaransatz im Nacken. Lassen Sie das Öl etwa 10 Minuten einwirken, anschließend waschen Sie Ihre Haare wie gewohnt mit einem milden Shampoo.

2 Tragen Sie nach dem Ausspülen der Haare eine Spülung auf und wickeln Sie die Haare in ein Handtuch oder in Frischhaltefolie. So können Ihre Haare die Spülung besser aufnehmen. Waschen Sie die Spülung nach etwa einer halben Stunde gründlich aus.

Elegant gezupfte Augenbrauen

Augenbrauen zupfen muss nicht weh tun. Halten Sie sich an die folgenden, einfachen Schritte.

1 Kämmen Sie Ihre Augenbrauen in eine Richtung und dann entgegengesetzt, um lose Haare zu entfernen.

2 Ziehen Sie die Haut unter den Augenbrauen mit Daumen und Zeigefinger einer Hand straff und halten Sie die Pinzette mit den Fingern der anderen Hand am äußeren Ende für mehr Zugkraft.

3 Zupfen Sie immer nur ein Haar aus und setzen Sie die Pinzette nahe der Wurzel an. Beginnen Sie etwa in der Mitte der Augenbraue und zupfen Sie nur Haare aus, die vereinzelt neben der Augenbraue wachsen. Arbeiten Sie in einer Linie auf Ihr Ohr zu. Entfernen Sie keine Haare oberhalb der Linie der Augenbraue.

4 Halten Sie einen Eiswürfel bereit. Drücken Sie den Eiswürfel nach jedem einzelnen Zupfen vorsichtig auf die betroffene Stelle. Dadurch zieht sich die Pore zusammen und die Haut wird desensibilisiert.

Babyweiche Haut

Ein Peeling befreit die Haut von trockenen, abgestorbenen Hautzellen.

1 Nehmen Sie ein Körperpeeling mit in die Dusche und reiben Sie Ihren Körper mit kreisenden Bewegungen komplett ab.

2 Alternativ können Sie auch Meersalz verwenden. Füllen Sie eine Tasse damit und geben Sie genug Wasser hinzu, um eine Paste anzurühren. Verreiben Sie die Paste vorsichtig auf der Haut und duschen Sie sich gründlich ab. Das Salz fördert eine sehr tiefe Reinigung der Haut, was zu Schweißbildung führen kann.

3 Nach dem Peeling sollten Sie die Haut mit Feuchtigkeitscreme oder einem Aromatherapie-Körperöl einreiben oder ein Feuchtigkeitsbad nehmen, um Ihre Haut zu entspannen.

Gesunde Bräune

Selbstbräuner sind die gesündeste Art, immer eine leicht gebräunte Haut zu haben, ohne sie durch UV-Strahlung zu schädigen. Ein leicht gebräunter Teint kann so manches kleine Hautproblem von schlaffer Haut bis Zellulite verdecken.

1 Um eine gleichmäßige Bräune zu erhalten, beginnen Sie am besten mit einem Peeling und

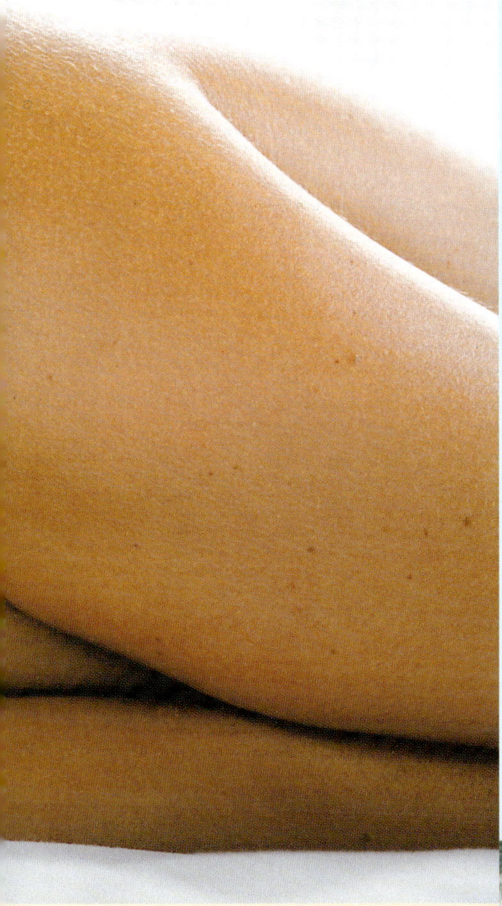

trocknen Ihre Haut gründlich ab. Wenn Sie sehr trockene Haut haben, cremen Sie sich mit Feuchtigkeitscreme ein und warten Sie etwa 15 Minuten.

2 Verteilen Sie den Selbstbräuner mit einem großen Schminkschwamm gleichmäßig auf der Haut und lassen Sie ihn etwa 20 Minuten einziehen.

3 Um zu verhindern, dass Ihre Handflächen sich braun färben, waschen Sie sie mit frischem Zitronensaft ab.

Tolle Fingernägel

Perfekt manikürte Nägel sind bei der Schönheitspflege das Tüpfelchen auf dem I.

1 Entfernen Sie alten Nagellack und bringen Sie Ihre Nägel mit einer Papiernagelfeile sorgfältig in Form. Führen Sie die Feile dabei mit gleichmäßigen Bewegungen von den Nagelrändern zur Mitte.

2 Massieren Sie die Nagelhaut mit Nagelbettcreme oder geben Sie ein wenig Nagelbettöl in eine Schale mit warmem Wasser. Weichen Sie die Nagelhäute 5 Minuten im Wasser ein und schieben Sie sie mit einem Nagelhautschieber zurück.

3 Tragen Sie einen farblosen Unterlack auf und anschließend eine oder zwei Schichten farbigen Nagellack. Nach 20 Minuten eventuell noch einen schützenden Decklack.

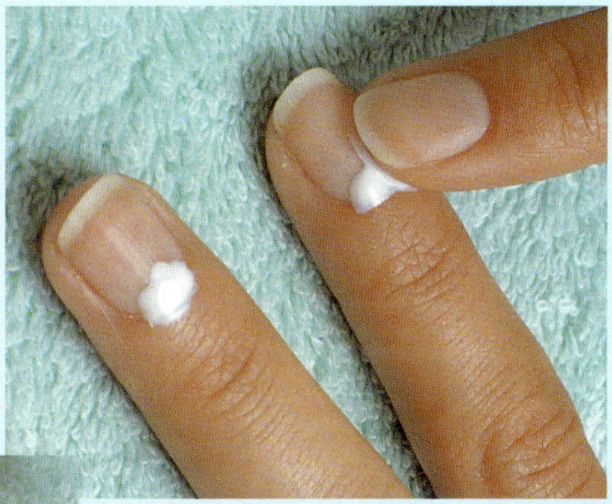

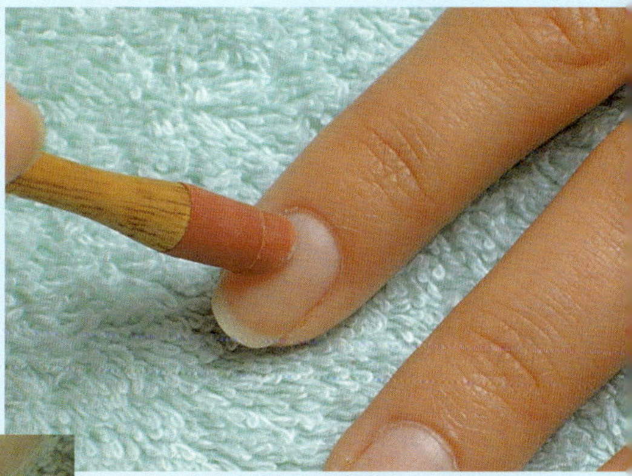

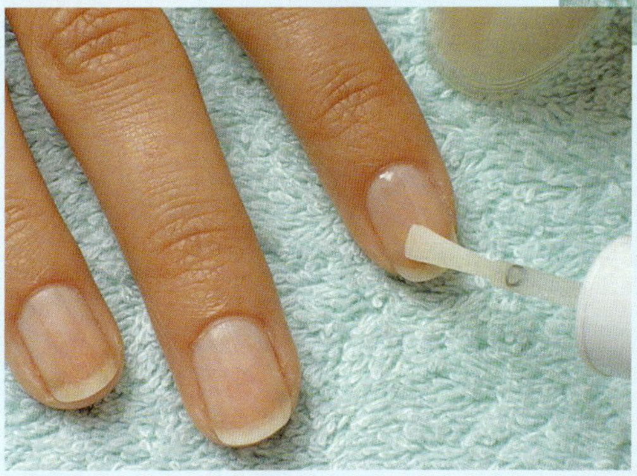

Vollendete Füße

Die wenigsten Frauen sind mit ihren Füßen wirklich glücklich und vernachlässigen sie daher. Mit einer umfassenden Pediküre können Sie Ihre Füße verblüffend verjüngen.

1 Füllen Sie ein Fußbad mit warmem Wasser und lassen Sie Ihre Füße darin einweichen. Befreien Sie die noch feuchten Füße mit einem Bimsschwamm von harter Hornhaut. Sehr dicke Hornhaut entfernen Sie mit einer Hornhautfeile.

2 Massieren Sie Ihre Fußsohlen mit einem Fußpeeling oder einer normalen Peeling-Creme und waschen Sie sie gründlich ab. Tragen Sie eine dünne Schicht Fußcreme auf, wickeln Sie die Füße für 5 Minuten in ein Handtuch oder eine Plastiktüte und waschen Sie sie dann ab.

3 Reiben Sie jeden Fuß mit $1/2$ Teelöffel Massageöl ein (z. B. Jojoba-, Sandelholz- oder Ylang-Ylang-Öl in einem Trägeröl gelöst) und massieren Sie Ihre Füße mit leicht knetenden Bewegungen von den Zehen zur Ferse hin. Anschließend sollten Sie die Nagelhäute zurückschieben, solange sie noch weich sind.

4 Reinigen und polieren Sie Ihre Fußnägel mit einer Nagelpolierfeile. Entfernen Sie Unebenheiten und Verfärbungen und verleihen Sie Ihren Nägeln Glanz.

5 Bei hartnäckigen Verfärbungen lösen Sie ein bis zwei Tabletten Zahnersatzreiniger in einem Glas Wasser auf, tränken Sie eine Nagelbürste darin und bürsten Sie Ihre Nägel leicht damit. Waschen Sie Ihre Hände anschließend gründlich mit Seife.

6 Runden Sie die Fußerneuerung mit farbigem oder klarem Nagellack ab.

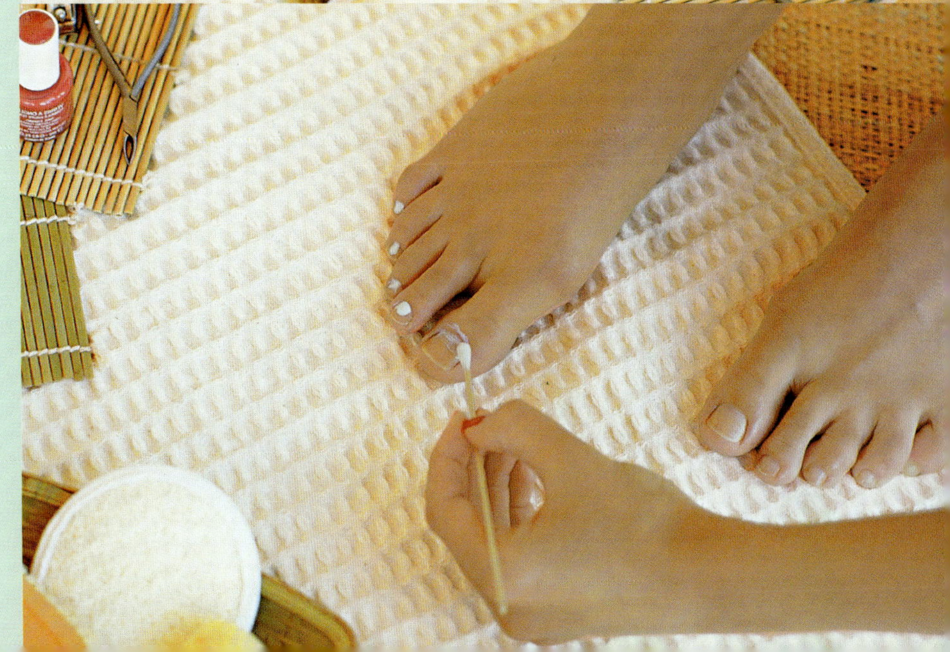

Make-up-Tricks

Make-up verbessert nicht nur das Aussehen. Es schützt gleichzeitig die Haut und stärkt das Selbstbewusstsein. Hier einige wichtige Gründe, sein Gesicht von seiner besten Seite zu zeigen:

• *Es unterstützt das Wohlempfinden*

Make-up ist wie ein kleiner Schutzpanzer. Wenn Ihr Gesicht gut aussieht, geben Sie sich selbstbewusster und natürlicher.

• *Es schützt die Haut*

Die meisten Grundierungen verleihen Ihrer Haut nicht nur ein ebenmäßigeres Aussehen, sondern enthalten pflegende Substanzen, Schutz vor Luftverunreinigungen und UV-Strahlung, sowie Antioxidanzien. Die meisten Grundierungen schützen zudem vor Hautalterung, da sie Pigmente wie Titandioxyd und Eisenoxyd enthalten.

• *Es verschafft berufliche Vorteile*

Führenden Image-Beratern zufolge wirken Frauen, die Make-up tragen, gepflegter und modischer. Studien haben gezeigt, dass attraktive Menschen in der Schule und in Bewerbungsgesprächen mehr Erfolg haben und dass andere Menschen eher bereit sind, ihnen zu helfen.

• *Es verbessert die Schönheitspflege*

Wer Make-up trägt, neigt eher dazu, sein Gesicht regelmäßig gründlich zu reinigen. Das entfernt aber nicht nur das Make-up, sondern reinigt die Poren und schützt so vor schädlichen Umwelteinflüssen.

• *Es fördert die Gesundheit*

Untersuchungen haben gezeigt, dass Frauen, die sich auch während einer Krankheit um ihr Aussehen kümmern, mehr Optimismus ausstrahlen. Es gibt sogar einige Berichte über einen positiven Effekt, den die Verwendung von Kosmetikartikeln bei Klinikpatienten ausgelöst haben soll.

Das perfekte Aussehen

Dieses Wochenende bietet Ihnen Gelegenheit, Ihre Schminktechniken zu verbessern. Probieren Sie verschiedene Produkte, Farben und Kombinationen aus und finden Sie Ihre eigenen schnellen Wege zu einer makellosen Haut, verführerischen Lippen und betörenden Augen.

Einfache Styling-Tipps

Haut

An Abenden in kleiner, intimer Runde verbietet sich dick aufgetragenes Make-up und leuchtend rote Lippen. Wählen Sie stattdessen:

- *den natürlichen Look*
  Wo nötig, verwenden Sie eine leicht getönte oder farblose Grundierung oder benutzen Sie einen Grundierstift. Er lässt sich gut mit Creme-Rouge kombinieren. Tragen Sie Rouge vom Wangenknochen nach außen hin auf.

- *den makellosen Look*
  Wenn Sie eine Hautunreinheit abdecken möchten, tupfen Sie die Haut zunächst mit einem Reinigungstuch ab. Verwenden Sie Abdeckcreme oder einen Abdeckstift im Farbton Ihrer Haut oder etwas heller. Tragen Sie eine ölfreie, flüssige Grundierung auf, ohne die abgedeckte Stelle zu verwischen. Zum Schluss pudern Sie Ihr Gesicht leicht ab.

- *den strahlenden Look*
  Beleben Sie Ihren Teint mit ein wenig Rouge. Tragen Sie Puder-Rouge mit einem dicken Pinsel in kreisenden Bewegungen von den Wangenknochen nach außen hin auf und geben Sie ein wenig Rouge auf die Schläfen. Oder setzen Sie auf Stirn, Nase, Wangenknochen und unterhalb der Augenbrauen mit einem hellen Puder Highlights.

Augen

Auch unsere „Fenster zur Seele" lassen sich durch ein wenig Farbe und Lidschatten leicht betonen. Sie unterstreichen Ihren verführerischen Blick.

Große Augen

1 Verleihen Sie Ihren Augenbrauen einen stärkeren Schwung: entweder mit einem Augenbrauenstift oder durch Zupfen (siehe Seite 83).

2 Tragen Sie einen matten, naturfarbenen Lidschatten auf die obere Augenpartie auf.

3 Tragen Sie vom inneren zum äußeren Augenwinkel einen grauen oder braunen Lidschatten auf das Oberlid auf und verwischen Sie die Ränder. Tragen Sie zunächst nur wenig Lidschatten auf.

4 Tragen Sie in einem dunkleren Farbton einen Lidstrich entlang der Wimpern des Oberlides auf. Geben Sie ein wenig Lidschatten auf die äußeren Ränder der Unterlider und betonen die äußeren Jochbeine.

5 Tragen Sie zum Schluss einen weißen Lidstrich entlang der Wimpern des Unterlids auf und verreiben Sie ihn leicht.

6 Formen Sie Ihre Wimpern mit der Wimpernzange, tragen Sie reichlich Mascara auf und trennen Sie die Wimpern. Voilà!

Goldene Augen

1 Olivfarbenen oder dunklen Teint unterstreichen Sie mit goldfarbenem Lidschatten und dunkelrotem Lippenstift. Die Farbe des Lidschattens sollte auf dem unteren Teil des Lids intensiver sein und zu den Augenbrauen hin dünner werden.

2 Geben Sie ein wenig Lidschatten auf den äußeren Rand des Unterlids. So entsteht ein goldener Schimmer rund um Ihr Auge. Tragen Sie zum Schluss schwarze Mascara auf. (Verwenden Sie keinen Eyeliner.)

3 Tragen Sie dazu einen dunkelroten Lippenstift und einen Hauch von dunkelviolettem Puderrouge auf.

Glänzende Augen

1 Kombinieren sie kühle Farben wie Grün und Himmelblau. Tragen Sie den Lidschatten mit dem Mittelfinger auf das Oberlid und ein wenig entlang der Wimpern des Unterlides auf.

2 Für den Glanz tupfen Sie ein wenig Lippenbalsam auf das Oberlid.

Lockende Augen

1 Verwenden Sie falsche Wimpern. Fügen Sie einzelne Wimpern unterschiedlicher Länge ein. Beginnen Sie am äußeren Lidrand mit einer Wimper mittlerer Länge, setzen Sie dann eine kürzere und wechseln Sie weiter ab, bis Sie den inneren Lidrand erreicht haben.

2 Tragen Sie dazu einen zarten, rosafarbenen Lippenstift, um den Fokus bei den Augen zu belassen.

Verführerische Augen

1 Verführerischen Augen kann sich niemand entziehen. Das Erfolgsrezept lautet „weniger ist mehr". Tragen Sie statt Lidschatten einmal einen hellen Lippenbalsam auf die Lider auf.

2 Tragen Sie an den äußeren Rändern von Ober- und Unterlid einen schwarzen Lidstrich auf und verlängern Sie ihn ein wenig nach außen.

3 Tragen Sie auf die Lippen nur ein wenig farbloses Lipgloss mit dem Finger auf.

Glitzernde Augen

1 Disco-Queen-Augen sind einfach zu schminken. Tragen Sie Vaseline auf die Augenlider auf, damit der Glitzer-Lidschatten gut hält.

2 Tragen Sie den Glitzer-Lidschatten mit einem flachen Lidschattenpinsel auf den unteren Teil des Oberlids auf.

3 Damit Ihre Glitzeraugen zur Geltung kommen, sollte Ihre Haut nicht glänzen. Verwenden Sie eine helle Grundierung, ein wenig Abdeckstift unter den Augen, einen Hauch Puder und ein rosafarbenes Rouge.

4 Pflegen Sie die Lippen mit ein wenig farblosem Lipgloss und tupfen Sie etwas losen Glitter auf Ihre Wangen. Jetzt können Sie strahlen!

Lippen

Allein der Umstand, dass das Tragen von Lippenstift in bestimmten Epochen verboten war, lässt farbige Lippen um so verführerischer erscheinen. Außerdem signalisiert rote Einfärbung der Lippen sexuelle Erregung.

Grundsätzliches

- Der Schlüssel zu lang haltendem Lippenstift ist eine sorgfältige Vorbereitung. Cremen Sie Ihre Lippen zunächst gründlich mit Vaseline ein.
- Konturieren Sie Ihre Lippen in einem Farbton, der Ihrem Lippenstift entspricht oder etwas heller ist.
- Tragen Sie den Lippenstift auf und tupfen Sie ihn mit einem Taschentuch an. Tragen Sie eine weitere Schicht Lippenstift auf. Dies sollte mehrere Stunden halten, da die Farbe in die Lippenhaut eindringt.

Das gewisse Etwas

- Selbst der natürliche, „ungeschminkte" Look erfordert Mühe. Schrubben Sie Ihre Lippen mit einer weichen Zahnbürste, um die Durchblutung zu fördern. Dann tragen Sie einen guten Lippenbalsam auf.
- Dunkle, glänzende Lippen stehen für Glamour. Dunkelviolett passt zu jedem Typ, besonders aber zu blauäugigen Blondinen, da es die Augenfarbe betont.
- Tragen Sie verschiedene Schattierungen und Texturen in zwei Schichten auf, um Tiefe, Intensität und neue Farbtöne zu erhalten. Tragen Sie z.B. bronzefarbenes Lipgloss auf einen ziegelroten Lippenstift auf.
- Klares Lipgloss passt zu jedem Teint. Ziehen Sie die Konturen zunächst mit einem Konturstift nach und verwischen Sie die Farbe nach innen, um Tiefe zu erzeugen. Tragen Sie dann auf die vollsten Bereiche der Lippen das Lipgloss auf.

Die richtige Farbe

● Perfekt ist die Farbe, die Ihnen nicht nur gefällt, sondern auch zu Ihnen passt. Dunkle Rottöne mit Violett-Stich passen am besten zu olivfarbenem Teint. Rottöne mit einem Rosastich sind am schönsten zu hellem Teint und Haar. Leuchtendes Rot für Frauen mit heller Haut und dunklem Haar, tiefe, satte Rottöne zu dunkler Haut.

Ihr Styling ist nun perfekt. Jetzt brauchen Sie nur noch ein schickes Kleid, ein wenig Parfüm, High Heels und die richtige Party …

DANKSAGUNG

Herzlichen Dank an Sèan Harrington von Spa Resources and Elemis, sowie Noella Gabrielle von Treatment Development for Elemis.

Die Rezepte stammen von Pat Alburey.

Zum Schluss danke ich Gloria Thomas, Suzanne Duckett, Karen Wheeler, Anita Bean, Sally Brown und Eve Cameron.

Weiter gebührt mein Dank Susan Harmsworth, Gründerin und Geschäftsführerin von ESPA.

BIBLIOGRAPHIE

Walking:
Herbert Steffny: *Walking – Der Ausdauersport für optimale Fitness.* München 2001

Hans Scheumann: *Wandern Walken, Joggen – Der Fußweg zur Gesundheit.* Aachen 2002

Aromatherapie:
Kurt Schnaubelt/Jean Pütz (Hg.): *Neue Aromatherapie – Gesundheit und Wohlbefinden durch ätherische Öle.* Köln 1995

Patricia Davis: *Aromatherapie von A–Z.* München 2002

Susanne Fischer-Rizzi: *Himmlische Düfte.* CH-Aarau 2002

Yoga:
Anna Trökes: *Das große Yoga-Buch – Das moderne Standardwerk zum Hatha-Yoga.* München 2001

Andre van Lysebeth: *Yoga für Menschen von heute – Lernen, üben, beherrschen.* München 1999

Kia Meaux: *Power Yoga – Neue Kraft für Körper und Geist.* Starnberg 2002

Akupressur:
Christine Ebner: *Schönheit aus den Fingerspitzen – Gesund und schlank durch Akupressur.* München 1998

Silvia Hartmann: *Emotionale Freiheit – Soforthilfe in Stresssituationen mit Akupressur.* Kirchzarten 2002

BILDNACHWEISE

1 Grand Illusions; 4 (oben) Camera Press; 4 (unten) National Magazine Co./Kimball Lorio; 6–7 (oben) The Holding Co.; 6–7 (unten) National Magazine Co./Elsa Hutton; 9 Camera Press/Axel Springer Verlag; 10 National Magazine Co./Daniel Farmer; 12–13 National Magazine Co./David Loftus; 15 Images Colour Library; 16–17 Elizabeth Whiting Assoc.; 17 Tony Stone Images/Ken Scott; 18–19 National Magazine Co./Kimball Lorio; 20 Descamps; 20–21 Tony Stone Images/Paul Webster; 22–23 National Magazine Co./David Loftus; 24–25 Tony Stone Images/Thomas Braise; 26–27 National Magazine Co./Daniel Ward; 28–29 (4 Bilder) National Magazine Co./Jason Bell; 30 National Magazine Co.; 31 Camera Press/Maureen Barrymore; 32–33 Tony Stone Images/Andre Perlstein; 33 (oben) Camera Press/Richard Open; 33 (unten) Camera Press/Lars Matzen; 34–35 Tony Stone Images/ Deborah Jaffe; 36–37 National Magazine Co./Chris Lane; 38–39 Images Colour Library; 40–41 National Magazine Co./Barry Hollywood; 42–43 National Magazine Co./Daniel Ward; 44–47 (13 Bilder) National Magazine Co./Justin Quick; 48 National Magazine Co./Steve Wallis; 50–51 National Magazine Co./Tom Corbett; 52 Tony Stone Images; Ken Scott; 53 (oben) Images Colour Library; 53 (Mitte) Images Colour Library; 53 (unten) Images Colour Library; 54–55 National Magazine Co./Hugh Johnson; 56 (links) Paperchase; 56 (rechts) National Magazine Co./Jason Bell; 57 (links) National Magazine Co./Jason Bell; 57 (rechts) National Magazine Co./ Jason Bell; 58–59 National Magazine Co./Anna Stevenson; 60–61 Tony Stone Images/David Roth; 62–63 (7 Bilder) National Magazine Co./Daniel Ward; 64 (unten) Welbeck Golin/Harris Commincations/Grand Illusions; 64–65 National Magazine Co./Chris Kolk; 66–67 Elizabeth Whiting Assoc.; 68–71 (7 Bilder) National Magazine Co./Jason Bell; 72–73 Tony Stone Images/Mark Williams; 73 National Magazine Co./David Loftus; 74–75 National Magazine Co./Daniel Ward; 75 (oben) Camera Press/Axel Springer Verlag; 75 (unten) Camera Press/Axel Springer Verlag; 76 National Magazine Co./Heather Farel; 77 National Magazine Co.; 78 National Magazine Co./Ian Skelton; 79 National Magazine Co./Ian Skelton; 80–81 National Magazine Co./Tierney Gearon; 82 National Magazine Co./ Tom Corbett; 83 (rechts) Camera Press/Shaz; 83 (eingefügt) Camera Press/ Berry; 84–85 National Magazine Co./Chris Kolk; 85 (6 Bilder) Images Colour Library; 86 National Magazine Co./Tim Brett-Day; 87 (3 Bilder) Images Colour Library; 88 National Magazine Co.; 89 National Magazine Co./Sergio Veranes; 91 National Magazine Co./Heather Farel; 92–93 (13 Bilder) National Magazine Co.; 94 National Magazine Co./Sergio Veranes

REGISTER